書下ろし

長編時代小説

地獄の沙汰

闇の用心棒⑧

鳥羽　亮

祥伝社文庫

目次

第一章　地獄屋

1

大気が澄み、寒月が皓々《こうこう》とかがやいていた。満天の星である。

風があった。身を切るような冷たい風である。仙台堀《せんだいぼり》の岸辺に群生した茅《かや》や葦《あし》などが、ヒュウヒュウと物悲しい音をたてて揺れている。

深川吉永町《ふかがわよしながちょう》。この辺りは木場が多く、貯木場、材木をしまう倉庫、枯れ草におおわれた空き地などが目立った。洲崎《すさき》の海岸が近いせいか、風のなかには潮《しお》の香りがある。

浅五郎《あさごろう》は首に手ぬぐいを巻き、仙台堀沿いの道を背を丸めて足早に歩いていた。地面に落ちた短い影が、跳ねるようについてくる。

四ツ（午後十時）を過ぎているだろうか。堀沿いの通りは、ひっそりとしていた。付近に人家も人影もなかった。

いっとき歩くと、前方に要橋《かなめばし》が見えてきた。黒い橋梁《きょうりょう》が、青磁《せいじ》色の月光の中に浮かび上がっている。

その要橋の脇に、明りが点《とも》っていた。家屋から洩《も》れる灯《ひ》が、闇につつまれた荒涼とした地を照らしている。その仄《ほの》かな灯《ひ》には、人を惹きつける暖かみと安らぎがあった。

極楽屋《ごくらくや》という一膳めし屋である。極楽屋とは妙な名だが、あるじの島蔵《しまぞう》が洒落《しゃれ》でつけた屋号である。

極楽屋は四方を掘割、寺の杜《もり》、屋敷の板塀などでかこわれていた。極楽屋に行くには、店の前の掘割にかかる小橋を渡るしかなかった。どうしてこんな場所に一膳めし屋があるのかと、だれもが訝《いぶか》しがるような寂しい場所である。

土地の者は、極楽屋ではなく、地獄屋と呼んで恐れていた。通りすがりの者も、立ち寄ることはほとんどなかった。無宿人、博奕打《ばくち》ち、凶状持ち、借金で夜逃げした者などの溜まり場になっていたからである。

……早く、熱いのを一杯《いっぺえ》やりてえ。

浅五郎が胸の内でつぶやいた。

懐《ふところ》は暖かかった。蛤町《はまぐりちょう》の賭場《とば》で久し振りに目が出て、二両ほど儲《もう》かったのである。しばらくは、遊んで暮らせるだろう。

そのとき、要橋のたもと近くに人影が見えた。月光にぼんやり浮かび上がった人影は、町人体《てい》だった。手ぬぐいを頰《ほ》っかむりし、着物を裾高に尻《しり》っ端《ぱ》折《しょ》りしていた。

男は小走りに浅五郎の方へ近付いてくる。

……やろうの狙《ねら》いは、おれの懐か。

浅五郎の顔がこわばった。

真っ当な男には見えなかった。男の身辺に、獲物を追う野犬のような雰囲気がただよっていたのである。

浅五郎は逃げようとは思わなかった。男が何者か分からなかったし、ひとりだったからである。

男はしだいに近付いてきた。

すこしを背を丸め、顔を伏せた格好で迫ってくる。男は手ぶらだった。棒縞《ぼうじま》の小袖に丼《どんぶり》（前隠しの腹掛け）、黒股《もも》引《ひき》姿だった。この辺りで、よく見かける木挽《こびき》か川並《かわなみ》のような格好である。

男が三間ほどに近付いたとき、

「寒いね」

と、浅五郎に声をかけた。低いくぐもったような声である。

「早く、一杯《いっぺえ》やりてえよ」

咄嗟《とっさ》に、浅五郎が応えた。

そのやりとりで、浅五郎の警戒心は霧散した。ただの通りすがりの男だと思ったのである。

男は浅五郎と擦れ違った。跳ねるような足取りで、遠ざかっていく。

浅五郎は振り返って見なかった。前に歩きながら、遠ざかっていく足音を聞いていただけである。

要橋が眼前に迫ってきた。黒い橋梁が夜陰のなかにくっきりと見えてきた。橋脚をつつむ仙台堀の水面が月光を反射《はね》て、無数の青白いひかりが戯《たわむ》れるように揺れている。

その橋のたもとに人影があった。岸辺の丈の高い芒《すすき》の陰ではっきりしないが、その場に立っているようである。

……侍のようだな。

黒い人影は、二刀を帯びているように見えた。巨体である。一瞬、武士の黒い姿が巨熊のように映った。

浅五郎の顔に恐怖の色が浮いた。頬のあたりから血の気が引き、鳥肌が立ったのが自分でも分かった。

辻斬りかもしれねえ、と浅五郎は思った。夜更けに、武士がひとり橋のたもとにつっ立っているのだ。辻斬りとみて当然であろう。

と、黒い人影が動いた。

武士は、ゆっくりと岸辺から道のなかほどに出てきた。羽織袴姿だった。黒っぽい布で頬っかむりしている。

武士は左手で鍔元《つばもと》を握り、足早に近付いてきた。

……おれを狙ってる！

浅五郎は、察知した。

咄嗟に、浅五郎は反転した。逃げようと思ったのである。

だが、走りかけた浅五郎の足がとまった。五、六間前方に、男がひとり立っていたのだ。

先ほど浅五郎の脇を通り過ぎた町人体の男だった。遠ざかってから、引き返してきたらしい。

男の手元が、にぶくひかっていた。匕首《あいくち》である。男は匕首を手にしているのだ。近付いてくる男の黒い姿は、牙《きば》を剝《む》いた狼のようだった。

背後から武士が疾走してきた。巨体のくせに、足は速かった。

すでに、抜刀し、八相に構えた刀身が月光を反射て、銀蛇《ぎんだ》のようにひかっている。

……挟み撃ちだ！

浅五郎は逃げ場を探した。

左手は仙台堀、右手は空き地で芒や蓬《よもぎ》などの丈の高い雑草におおわれた草藪《やぶ》だった。浅五郎は空き地に飛び込んだ。逃げ場はそこしかなかったのである。

「逃がすか！」

叫びざま、町人体の男も空き地に駆け込んだ。

ザザザッ、と草藪を分ける音がひびいた。武士も空き地に踏み込んだらしく、浅五郎の斜め後ろで雑草を踏み倒す音が聞こえた。

浅五郎は必死に逃げた。追いつかれたら殺されると思ったのだ。

草藪を踏み倒す音が、すぐ背後に迫ってきた。町人体の男である。

近い！　荒い息の音も聞こえる。

このままでは、後ろから匕首で突かれる、と浅五郎は思った。そのとき、叢《くさむら》のなかに落ちている棒切れが、浅五郎の目に入った。四、五尺ある。

咄嗟に、浅五郎は身をかがめて棒切れをつかんだ。

「やろう！」

叫びざま、反転して殴りかかった。

瞬間、男は背後に跳んだ。俊敏な反応である。

男は群生した芒のなかで身をかがめ、匕首を構えた。頬っかむりした手ぬぐいの間から、底びかりする目が、浅五郎を見つめている。獲物を前にした餓狼《がろう》のようだった。

「逃げられねえよ」

男がくぐもった声で言った。口元に薄笑いが浮いている。

そのとき、バサバサと雑草を踏み倒す音がし、武士が背後に近付いてきた。武士の手にした刀身が、枯れ芒の白い穂の間で銀色にひかっている。

浅五郎との間は、五、六間ほどしかなかった。

……逃げられねえ！

と思ったとき、浅五郎の身が竦《すく》んだ。

浅五郎は戸惑うように足踏みし、逃げ場を探した。町人体の男を突破して逃げるしかないようだ。

「そこを、どけ！」

叫びざま、浅五郎は手にした棒で町人体の男に殴りかかった。

ひょい、と脇に跳んで町人体の男がかわした。俊敏である。

浅五郎は勢い余って、枯れ芒のなかに頭からつっ込んだ。浅五郎が身を立て直し、ふたたび棒を振り上げたところへ、武士が迫ってきた。

「じたばたするな」

武士が言いざま、斬り込んだ。

バサッ、という音とともに草藪が揺れ、武士の巨体が躍った。

するどい閃光が夜陰を裂き、枯れ芒が千切れて飛んだ。

次の瞬間、浅五郎の肩口から噴血が驟雨《しゅうう》のように飛び散った。凄《すさ》まじい斬撃である。武士のふるった刀身は、浅五郎の肩口から袈裟《けさ》に入り、鎖骨と肋骨《ろっこつ》を截断《せつだん》し、一尺ほども胸に食い込んだ。

浅五郎は顎《あご》を突き出し、身をのけ反らせた。一瞬、浅五郎の動きがとまったかのように見えたが、大きく体が揺れ、腰から沈み込むように転倒した。

浅五郎は草藪につっ伏した。いっとき、伏臥したまま四肢を痙攣《けいれん》させていたが、すぐに動かなくなった。肩口から噴出した血が枯れ芒を揺らし、小動物が叢を這っているような音をたてていた。

「たあいもない」

武士は刀に血振《ちぶ》り（刀身を振って血を切る）をくれ、ゆっくりと納刀した。そして、頬っかむりしていた布を取った。

武士は色が浅黒く、頤《おとがい》の張った剽悍《ひょうかん》そうな顔をしていた。口元に薄笑いが浮いている。人を斬って高揚したのであろう。顔が紅潮し、双眸《そうぼう》が燃えるようにひかっていた。

「長居は無用」

武士は草藪を分けて通りへ出た。

町人体の男は、黙って跟《つ》いていく。

2

極楽屋のなかは騒がしかった。

明け六ツ（午前六時）を過ぎていた。店内はおしゃべりと雑音につつまれ、莨《たばこ》の煙と温気《うんき》がたちこめている。

店内には飯台が四つ、そのまわりに腰掛け替わりの空き樽《だる》が並んでいた。その飯台をかこんで、男たちがめしを食ったり、朝から酒を飲んだりしているのだ。肩口から入れ墨が覗《のぞ》いている男、隻腕《せきわん》の男、頬に刀傷のある男……。いずれも真っ当な男ではない。

「てめえたち、早く食っちまえ」

怒鳴《どな》り声を上げたのは、店のあるじの島蔵だった。

島蔵は五十代半ば、でっぷり太った赤ら顔で、ギョロリとした大きな目をしていた。頬や顎の肉がたるみ、分厚い唇をしている。ただ、鬢《びん》や髷《まげ》には白髪も目立ち、顔には皺《しわ》も多かった。

「早くしねえと、仕事に遅れるじゃァねえか」

島蔵は、追い立てるように声を上げた。

極楽屋は、一膳めし屋のほかに口入れ屋もいとなんでいた。口入れ屋は、人宿《ひとやど》、請宿《うけやど》、桂庵《けいあん》などとも呼ばれ、下男下女、中間《ちゅうげん》などを商家や武家に斡旋《あっせん》するのが仕事だった。ただし、極楽屋は他の口入れ屋とはちがっていた。島蔵は危険な普請《ふしん》場の人足、借金取り、用心棒など命を的にしたような危ない仕事の斡旋をしていたのである。

真っ当な男は、そうした仕事を敬遠する。そこで、島蔵は身元のはっきりしない無宿者や博奕打ちなどを店の裏手に住まわせて仕事を斡旋し、ときには親代わりになって面倒をみていたのである。

極楽屋の店の奥は、長屋のようになっていた。細長い平屋がいくつもの部屋に区切られ、そうした男たちが住めるようになっていたのだ。

島蔵の声にうながされ、若い伊吉《いきち》と峰造《みねぞう》が空き樽から腰を上げたときだった。

店の戸口に、駆け寄る慌《あわ》ただしい足音が聞こえた。

飛び込んできたのは、六造《ろくぞう》と吉次郎《きちじろう》だった。ふたりは目をつり上げ、荒い息を吐いている。走りづめで来たらしい。ふたりは、小半刻（三十分）ほど前、極楽屋を出ていったばかりだった。

「お、親分、大変《てえへん》だ！」

六造が、声をつまらせて言った。極楽屋の住人は、島蔵のことを親分とか親爺《おやじ》さんとか呼んでいる。

「どうした、六」

島蔵が訊《き》いた。

「浅五郎が、殺《や》られた」

「なに！」

島蔵は目を剝いて、息を呑んだ。

一瞬、店内にいた男たちの動きがとまった。箸《はし》や猪口《ちょこ》を手にしたまま、目を島蔵と六造たちにむけている。騒がしかった店内が急に静まり、莨の煙と熱い汁からの湯気が張り詰めた緊張を揺らすように立ち上っている。

「場所はどこだ」

島蔵が大声で訊いた。

「要橋の先の叢でさァ」

「よし、行くぞ」

島蔵が戸口から飛び出した。六造と吉次郎、それにめしを食ったり、酒を飲んだりしていた男たちが、五、六人つづいた。

晴天だった。朝日が仙台堀や木場、さらに洲崎の先の江戸湊《みなと》の海原まで、淡い黄金色のひかりに包んでいる。

だが、風は冷たかった。肌を刺すような冷気がある。その風に、堀沿いの枯れ芒が銀色の穂を揺らしていた。

要橋のたもとまで来ると、先導していた六造が足をとめ、

「あそこでさァ」

と言って、右手の草藪を指差した。

芒や蓬の群生した草藪のなかに、いくつかの人影があった。印半纏《しるしばんてん》に股引姿の川並や木挽、それに船頭たちだった。付近の貯木場や製材場で働いている男たちらしい。

岡っ引きらしい男の姿もあった。ちかごろ、八丁堀《はっちょうぼり》同心から手札をもらい、深川を縄張りにしている岡蔵《おかぞう》という男である。

「どいてくれ」

声を上げて、六造が草藪を分け入った。

ガサガサと音をたて、島蔵たちが集まっている男たちに近付いた。

浅五郎の死体は、岡蔵の足元にあるらしい。その辺《あた》りは、集まった男たちで芒や蓬が踏み倒されていた。

浅五郎は伏臥《ふくが》していた。肩口から背にかけて、どす黒い血に染まっている。辺りの草藪にも、血飛沫《ちしぶき》が飛んでいた。浅五郎は、この場で斬られたらしい。

「ひでえことしやがる」

島蔵が唸《うな》るような声で言った。

浅五郎の肩口がザックリと裂け、ひらいた傷口から截断された鎖骨が覗いていた。下手人は刀で斬ったのである。

……だれが、こんな真似を。

島蔵の胸に憤怒《ふんぬ》と強い疑念が浮いた。

これで、ふたり目だった。半月ほど前、極楽屋に出入りしている梅吉《うめきち》という男が、この近くで斬り殺されたのだ。梅吉も刀で斬り殺されていた。下手人は武士とみていい。辻斬りや追剝ぎの仕業とは思えなかった。夜になると滅多に人も通らない寂しい場所に辻斬りがあらわれるとは思えなかったし、浅五郎と梅吉は追剝ぎも見逃すような金には縁のない風体の主だった。

そのとき、浅五郎の死体に目をやっていた岡蔵が、

「どうせ、仲間内で喧嘩《けんか》でもしたんだろうよ」

と、脇にいた下っ引きらしい若い男につぶやいた。顔に、うんざりしたような表情があった。殺されたのは、浮浪者のような男である。まともに、探索する気にもなれないのであろう。

それを聞いた島蔵は渋い顔をして、

……仲間内の喧嘩じゃァねえ。てめえには、目がねえのか。

と、胸の内で毒づいた。

ただ、すぐに表情を変え、顔に愛想笑いを浮かべると、

「親分さん、この死骸《おろく》を引き取ってもいいでしょうかね」

と、腰をかがめて訊いた。島蔵は、岡っ引きに逆らう気はなかったのである。

「おめえは、地獄屋のあるじだったな」

岡蔵は、島蔵のことを知っていた。梅吉が殺されたときも、顔を合わせていたのである。

「地獄屋じゃァなく、極楽屋でさァ」

島蔵が腰を低くしたまま言った。

「地獄でも極楽でもいいが、浅五郎もおめえの身内かい」

岡蔵は浅五郎の名を知っていた。集まっている野次馬に訊いたのだろう。

「身内ってわけじゃァねえんで。……浅五郎は身寄りのねえかわいそうなやつでしてね。それで、てまえのところで面倒を見てやってたんでさァ」

島蔵がもっともらしい顔をして言った。

「どうでもいいが、この場に死骸をうっちゃっておくことはできねえ。いいだろう、引き取ってくんな」

岡蔵が言った。

梅吉が殺されたときもそうだったが、八丁堀同心の検屍《けんし》はないようだ。おそらく、まともに探索する気はないのだろう。

「あっしらで、弔《とむら》ってやりやす」

島蔵はそう言うと、いっしょに来た六造たちのそばに歩を寄せ、

「店にもどって、嘉吉《かきち》を呼んできてくれ。それに、戸板を持ってこい」

と、指示した。

嘉吉は長く極楽屋に寝泊まりしていた男で、一年ほど前から板場を手伝うようになったのだ。島蔵の片腕であり、若い連中の兄貴格のような存在だった。

「へい」

と応えて、六造が駆けだした。

3

安田平兵衛《やすだへいべえ》は、刀身をゆっくりと押し出した。水に濡れた砥石《といし》の表面に、赤茶けた錆《さび》が滲《にじ》み出てくる。柄杓《ひしゃく》で砥石に水を落としながら、指先でその錆をぬぐい、また

刀身を押し出した。

平兵衛は刀の研《と》ぎ師である。研ぎ師といってもまったくの無名で、弟子もいなかった。たまに、近所の御家人や小身の旗本から錆びた刀の研ぎを頼まれ、長屋の一隅を板敷にした研ぎ場で仕事をしていた。

遊び人や博奕打ちなどから、匕首や長脇差《ながどす》の研ぎを頼まれることもあったし、ときには近所の女房が包丁などを持ち込むこともあった。

平兵衛は、すでに還暦を過ぎていた。小柄で、すこし背がまがっている。顔には皺も多く、鬢や髷は白髪交じりのくすんだ灰色をしていた。どこから見ても、頼りなげな老爺である。

平兵衛が本所相生町《ほんじょあいおいちょう》の庄助《しょうすけ》長屋に住むようになって十数年経つ。三年ほど前まで、まゆみという娘とふたりで暮らしていたのだが、まゆみが嫁にいき、いまは独《ひと》り暮らしだった。

流行病《はやりやまい》で死んだ女房のかわりをつとめていたまゆみが、いなくなった当初は、料理を失敗したり、皿を割ったりと、さんざんな思いをしたが、そうした家事にもようやく慣れてきた。

平兵衛は、刀身を表の障子の方にかざして見た。錆が落ち、澄んだ地肌が冴《さ》えたひかりを放っている。刃文は丁子乱《ちょうじみだ》れで美しかった。無銘とのことで鍛冶《かじ》名は分からなかったが、なかなかの刀である。

そのとき、戸口近くで足音がし、障子に人影が映った。だれか来たようである。

「安田の旦那、いますか」

長屋の斜向《はすむ》かいに住むおしげだった。

おしげは寡婦《かふ》だった。五年ほど前、ぼてふりをしていた亭主の磯造《いそぞう》が流行病で死に、その後はおまきという娘とふたりで暮らしていた。ところが、まゆみと同じころ、おまきも嫁にいき、それから長屋で独り暮らしをつづけていたのだ。

おまきは、本所、北本町《きたもとちょう》の小体な下駄屋に嫁ぎ、母親を引き取りたいと言っているらしいが、おしげは庄助長屋から出なかった。娘の嫁ぎ先に厄介《やっかい》になったのでは息がつまるし、娘も肩身が狭いだろうと思ってのことらしい。

おしげは、近所の一膳めし屋に小女《こおんな》として午後だけ稼ぎに出て暮らしをたてていた。娘の嫁ぎ先からの合力もあるらしい。

「入ってくれ」

平兵衛は、研ぎかけの刀を置いて立ち上がった。

「すこし炊き過ぎてね。食べてくれるかい」

おしげは、丼を手にしていた。握りめしがふたつ入っている。

「それは、ありがたい」

平兵衛は仕事場をかこった屏風《びょうぶ》をずらし、上がり框《かまち》に近寄った。

おしげは、ときおり余り物の惣菜や握りめしなどをとどけてくれた。独り暮らしの寂しさからか、おしげはときどき平兵衛の家に顔を出して話していくのだ。平兵衛と境遇が似ていることもあるのだろう。

「まゆみさんは、どう?」

おしげが、平兵衛の顔を覗くように見て訊《き》いた。

おしげは四十がらみ、小柄で太り肉《じし》である。色白で頬がふっくらし、目が糸のように細く、いつも笑っているような顔をしている。

「どうって、何が?」

「赤ちゃんは、まだなの」

おしげが、急に声をひそめた。

「さァ、どうかな」

まゆみが、牢人《ろうにん》の片桐《かたぎり》右京《うきょう》といっしょになったのは三年ほど前である。赤子が生まれても不思議はない。すでに、おまきには二つになる男児《おとこのこ》がいると聞いていた。

「まだかねえ。……もう生まれてもいいのにねえ」

おしげが、心配そうな顔をした。

「そうだな」

平兵衛も、孫の顔を見てみたいとは思っていた。ただ、まゆみが右京と円満に暮らしていれば、それでいいという気持ちもある。それに、まゆみから身籠もったような話も聞いていないので、赤子が生まれるのは当分先かもしれない。

「あたしの孫の、仙吉《せんきち》なんだけどね。この間、やっと立って歩いたらしいんだよ」

そう言って、おしげは笑った。いかにも、嬉しげである。

それからおしげは、小半刻ほど、孫の自慢をしてから腰を上げた。平兵衛は握りめしの礼のつもりで、おしげの話し相手になってやった。

おしげが家にもどり、平兵衛が研ぎ場に座っていっときしてからだった。

ふいに、平兵衛の刀を研ぐ手がとまった。腰高障子の向こうに、人のいる気配がしたのだ。足音はしなかったが、たしかにだれかいる。平兵衛は座ったまま、外の気配をうかがった。

と、腰高障子が一寸ほどあき、コトリと音がした。土間にちいさな白い物が落とされたのだ。紙片だった。投げ文である。

すぐに障子がしまり、かすかに戸口から離れていく足音が聞こえた。

平兵衛は、研ぎかけの刀身を脇に置いて立ち上がった。

土間に落ちているちいさく折り畳んだ紙片を拾い上げ、すぐにひろげて見た。

――十八夜、笹《ささ》
と、だけ記してあった。

平兵衛の表情は変わらなかったが、紙片にむけられた目には切っ先のような鋭いひかりが宿っていた。

十八は、四《じ》、五《ご》、九《く》。つまり、地獄屋をあらわしていた。笹は、笹屋《ささや》というそば屋のことである。

これは、殺しの仕事があるから、笹屋に集まってくれ、との符丁で、地獄屋からの呼び出し状だった。

平兵衛は表向き刀の研ぎ屋だったが、その実、人斬り平兵衛と恐れられた殺し屋だったのだ。むろん、おしげも長屋の者も平兵衛が殺し屋であることは知らない。殺しに手を染めている仲間のほかはだれもが、うだつの上がらない老いた研ぎ師だと思っている。

……いかねばなるまい。

平兵衛は紙片を握りしめてつぶやいた。

4

笹屋は小名木川《おなぎがわ》にかかる万年橋《まんねんばし》のたもとにあった。あるじの名は松吉《まつきち》、島蔵の息のかかった男である。笹屋は、殺し屋たちの密談のおりに使われることがあったのだ。

平兵衛は紺の筒袖に軽衫《かるさん》姿で、脇差だけを差していた。すこし腰のまがった姿は、どこから見ても頼りなげな老爺である。

平兵衛は笹屋の店先に立つと、通りの左右に目をやった。尾《つ》けられていないか、確かめたのである。

暖簾《のれん》をくぐると、店先にいた女中のお峰《みね》が平兵衛の姿を目にし、

「みなさん、二階でお待ちですよ」

と、笑みを浮かべて言った。お峰は、平兵衛の顔を知っていたのだ。ただ、腕の立つ殺し屋などとは思ってもみない。むしろ、お峰の顔には、老いた平兵衛を思いやるような表情が浮いていた。

「すまんな。上がらせてもらうよ」

そう言い残し、平兵衛は階段を上った。殺しの密談をするときは、二階の奥の座敷と決まっていたのだ。

障子をあけると、松吉の他に五人の男が座っていた。

殺し屋の元締め、島蔵

牢人で殺し屋の片桐右京

自称僧侶で殺し屋の朴念《ぼくねん》

掏摸《すり》で殺し屋の菊次郎《きくじろう》

屋根葺《ふ》き職人で、手引き人と殺し屋を兼ねる孫八《まごはち》

平兵衛をくわえた六人は俳句好きで、句会のために集まっていることになっていた。

なお、手引き人は殺し人と組み、殺す相手の居所を探ったり身辺を洗ったりして、殺し人が実行しやすいように手引きする役である。殺し人と手引き人の関係は、町方同心と岡っ引きに似ているかもしれない。

「みなさん、お揃いのようですので、膳を運ばせましょう」

松吉が平兵衛が腰を下ろすのを待ってから言った。

そして、すぐに座敷から出ていき、いっときすると、お峰とふたりで酒肴《しゆこう》の膳を運

んできた。

膳が男たちの膝先に並べられ、松吉とお峰が去ると、

「ま、喉《のど》を湿してくれ」

そう言って、島蔵が銚子を手にし、平兵衛の猪口に酒をついだ。

島蔵は口入れ屋のかたわら、ひそかに「殺し」の仕事を請け負い、殺し屋たちに斡旋していたのである。

本所、深川、浅草界隈《あさくさかいわい》の闇の世界で「殺しなら、地獄の閻魔《えんま》に頼め」と、ささやかれていた。地獄とは地獄屋のことで、閻魔とは島蔵のことである。島蔵は大柄で赤ら顔で、牛のような大きな目玉をした風貌《ふうぼう》が閻魔に似ていたのである。

「殺しか」

朴念が訊いた。

朴念は坊主頭で黒の道服に身をつつんでいた。法衣のときもあったが、動きやすい道服のほうが多かった。その道服が垢《あか》で黒びかりし、所々擦り切れている。

朴念は身装《みなり》には、まったく頓着しなかった。歳は三十代半ばであろうか。巨漢で、全身が鋼《はがね》のような筋肉で覆《おお》われていた。そのごつい体とはちがって、丸顔で目が細く、小鼻の張った愛嬌のある顔をしている。

朴念は手甲鉤《てっこうかぎ》を遣う。手甲鉤を嵌《は》めた手で相手を殴ったり、爪のような鉤で顔や喉を引き裂いて殺すのだ。

朴念というのは妙な名だが、手甲鉤を指南してくれた旅の武芸者に、おまえは朴念仁だと言われ、朴念と名乗るようになったそうである。

「まァ、そうなるな」

島蔵は曖昧《あいまい》な物言いをした。

「相手は」

さらに、朴念が訊いた。

「分からねえ。まず、相手をつかんでからということになるな」

島蔵は渋い顔をして言った。

「元締め、依頼人は」

菊次郎が訊いた。

菊次郎は、殺し屋になって、まだ一年ほどしか経っていなかった。歳は二十三、色白で端整な顔立ちをしている。腕のいい掏摸だったが、仲間内の喧嘩で肝心の指先を怪我して、極楽屋に転がり込んできたのである。

島蔵は菊次郎に、殺し屋をやってみる気はないか訊いた。それというのも、仙台堀沿いの通りで、菊次郎が指先に剃刀《かみそり》を挟み、すれちがいざま喧嘩相手の男の喉を掻《か》っ切るのを目撃したからである。

「やってもいいぜ」

菊次郎は、すぐに承知した。

島蔵が見込んだとおり、その後、菊次郎は剃刀を遣って、依頼された男をふたり見事に仕留めている。

「依頼人は、おれだ」

島蔵が大きな目を見開いて言った。

「元締めが依頼人だと。どういうことだい」

菊次郎が驚いたような顔をした。

「うちの店にいた梅吉と浅五郎が、殺《や》られたのを知ってるかい」

「噂《うわさ》には聞いてるぜ」

と、朴念。

平兵衛と右京は、黙って聞いている。

「下手人は武士と睨《にら》んでいる。ふたりとも、刀で殺られていたからな」

島蔵が言うと、

「元締めは、死骸《ほとけ》を見たのか」

と、平兵衛が訊いた。

「見ましたぜ」

島蔵の平兵衛と右京に対する言葉遣いは、朴念や菊次郎に対するそれとはちがっていた。牢人とはいえ、武士だったからである。

「それで、どんな傷だった」

平兵衛は下手人の遣った太刀筋が気になったのである。

「ふたりとも、袈裟に一太刀でさァ」

島蔵は、肩口から腋《わき》に抜けるほど深く斬り下げられていたことを話した。

「剛剣の主のようだ」

平兵衛が小声で言った。

右京は黙って聞いている。右京は二十代後半、牢人だった。面長の白皙《はくせき》だが、その顔にはいつも憂いを含んだような表情があった。

右京は御家人の次男坊に生まれたが、家が四十五石の微禄のため、兄が嫁をもらったのを機に家を出たのである。その後、右京は口を糊《のり》するために殺しに手を染め、平兵衛とも知り合った。そして、相生町の庄助長屋に顔を出すうち、まゆみと心を通じ合う仲になり、所帯を持ったのである。

平兵衛はまゆみが右京と所帯を持つことを素直に喜べなかった。殺し人を夫にすると、いつ何時夫を喪うかしれないからだ。だが、まゆみが事件に巻き込まれ、勾引《かどわ》かされたとき、平兵衛はふたりの慕い合う心の内を知って許す気になったのである。

「それで、元締めの依頼は、梅吉と浅五郎を殺《や》ったやつを始末しろってことですかい」

先をうながすように、朴念が訊いた。

「そうだ。ただ、殺る前に下手人をつきとめないことにはどうにもならねえ」

島蔵が、五人の男に視線をまわして言った。

「目星は？」

菊次郎が訊いた。

「それが、まったくねえんだ。辻斬りでもねえし、追剝ぎとも思えねえ……。仲間内の喧嘩でもねえ。相手は侍《さむらい》だからな」

島蔵が首をひねった。

「妙だな」

平兵衛も、下手人が何のために梅吉と浅五郎を殺したのか見当がつかなかった。

「だが、このままにしちゃァおけねえ。これからも、極楽屋の者が殺されるかもしれねえからな」

「そうかもしれん」

平兵衛も、まだ極楽屋の者が殺されるような気がした。

「金は用意した」

島蔵は、いきなり懐から巾着を取り出した。たんまり入っているらしく、ふくらんでいる。

「六十両、掻き集めてきた。これで、下手人をつきとめてくれ。殺しは、別に出す」

島蔵が声を低くし言った。

通常殺し料は依頼を受けたとき前金として半分、そして殺しの仕事を終えたとき半金をもらうことになっていた。

いっとき、平兵衛たち五人は黙したまま顔を見合っていたが、

「そういうことなら、あっしがやりやしょう」

孫八が言った。

孫八は四十代半ば、背丈は五尺そこそこだが、緊《ひきしま》った体付きをしており、敏捷《びんしょう》そうだった。肌が浅黒く、剽悍な顔をしている。匕首を巧みに遣う殺し人のひとりだ

が、手引き人として動くことも多かった。

「あっしも、やりやしょう」

　菊次郎が言うと、

「おれもやる。ちかごろ、金がなくて酒も飲めねえからな」

　朴念が身を乗り出した。

「おふたりは？」

　島蔵が平兵衛と右京に視線をむけて訊いた。

「おれは下手人が分かり、殺しの相手がはっきりしてからだな」

　右京が抑揚《よくよう》のない声で言った。

「わしも、遠慮《えんりょ》しよう」

　平兵衛も、相手が分からないうちは引き受ける気になれなかった。

「そういうことなら、三人に頼もう」

　島蔵は、後で、三人で分けてくれ、と言って、年嵩《としかさ》の孫八の膝先に巾着を置いた。

5

「ちょいと、すまねえ」

菊次郎が、前を行く船頭らしいふたり連れに声をかけた。

そろそろ暮れ六ツ（午後六時）かと思われる夕暮れ時である。ふたりの船頭は仕事帰りであろう。

「あっしらのことかい」

小柄な若い男が振り返って訊いた。もうひとりの痩身の男も、足をとめている。

「へい、ちょいと訊きてえことがありやしてね」

菊次郎はふたりの男の脇に行き、懐から巾着を取り出し、酒代にでもしてくだせえ、と言って、年上らしい痩身の男の手に銭を握らせてやった。袖の下を使った方が手っ取り早いと思ったのである。

「何が訊きてえんだい」

小柄な男が口元をゆるめた。袖の下が利《き》いたらしい。

「この辺りで、浅五郎ってやつが殺られたんだが、知ってやすかい」

菊次郎が切り出した。

そこは、仙台堀沿いの通りで、浅五郎が殺された現場の近くだった。菊次郎は、この辺りで働く船頭や川並に話を聞いてみようと思ったのである。

「知ってるぜ」

瘦身の男が言うと、若い男もうなずいた。

「浅五郎は、むかし世話になったやつでね。あっしも、このままじゃァ腹の虫がおさまらねえ」

菊次郎がもっともらしい顔をして言った。

「そうだろうよ」

「せめて、お上に下手人をつかまえてもらいてえんだが、町方も頼りにならねえ。殺られたのが貧乏人なんで、八丁堀の旦那も本腰を入れて調べちゃァくれねえからな」

菊次郎が不満そうな顔をした。

「まったくだ」

「下手人の尻尾《しっぽ》をつかみてえんだが、浅五郎が殺された日に、この辺りでうろんな侍を見なかったかい」

菊次郎が訊いた。

「見なかったなァ。徳助《とくすけ》、おめえ、どうだい」

　痩身の男が、脇にいる小柄な男に目をやった。徳助という名らしい。

「おれも見てねえが、関川屋《せきかわや》の寅六《とらろく》が、その日の夕方、亀久橋《かめひさばし》近くを歩いている侍を見たと言ってたぜ」

　亀久橋は仙台堀にかかる橋で、要橋の西に位置している。

　徳助によると、関川屋は深川東平野町《ひがしひらのちょう》にある材木問屋で、寅六は関川屋で働いている船頭だという。

　東平野町は、仙台堀に沿って細長くつづく町である。

「寅六は、帰《けえ》っちまったろうなァ」

　菊次郎は、明日出直そうと思った。

「寅六なら、福政《ふくまさ》で一杯《いっぱい》やってるはずだぜ」

　徳助が言った。

「福政ってえ店はどこにあるんだい」

「亀久橋の先だよ」

　仙台堀沿いにある一膳めし屋だという。寅六は、酒に目がなく、仕事を終えると、毎日のように福政で一杯ひっかけて帰るそうだ。

のである。


「手間を取らせたな」

そう言い残し、菊次郎はふたりと別れた。ともかく、福政に行ってみようと思った

菊次郎の後ろ姿が一町ほど遠ざかったとき、店仕舞いした表店《おもてだな》の脇からふたりの男が通りへ出てきた。

ひとりは棒縞《ぼうじま》の小袖に丼、黒股引姿だった。浅五郎を斬殺したとき、武士といっしょにいた男である。

もうひとりは牢人だった。総髪で面長《おもなが》。細い目が、うすくひかっている。黒鞘の大刀を一本、落とし差しにしていた。懐手をして飄然と立っている姿には、陰湿で酷薄な雰囲気がただよっている。

「千次《せんじ》、おれたちの読みどおり、動き出したな」

牢人がくぐもった声で言った。

「まだ、やつが殺し屋かどうか、分かりやせんぜ」

町人体の男が言った。

この男は、仲間内で菩薩《ぼさつ》の千次と呼ばれている男だった。背中に弥勒《みろく》菩薩の入れ墨

があることから、その異名がついたのだ。

「手引き人かもしれん。殺し屋にしては、武器《えもの》を持っていないようだからな」

「犬山《いぬやま》の旦那、もうちょいと尾けてみやすか」

千次が言った。

牢人の名は、犬山泉十郎《せんじゆうろう》である。

「そうだな」

犬山は、懐手をしたまま歩きだした。

千次は犬山とは並ばず、すこし前に出て遠方の菊次郎の背を追い始めた。


菊次郎は、ふたりに尾行されているなどとは思ってもみなかった。

亀久橋のたもとまで行くと、通りの先に目をやった。すでに、暮れ六ツは過ぎ、堀沿いは淡い暮色に染まっていた。堀の水も、夕闇のなかに黒く澱《よど》んでいるように見えた。ときおり、風で波が立ち、無数の黒い襞《ひだ》のようになって岸辺に寄せてくる。

通り沿いの店は、大戸《せ》をしめてひっそりとしていた。まだ、通りに人影はあったが、迫りくる夕闇に急かされるように足早に通り過ぎていく。

……あれかな。

一町（約一〇九メートル）ほど先に、提灯《ちょうちん》の灯《ひ》が見えた。夕闇のなかで、ぼんやりとひかっている。

近付くと、福政であることが分かった。店先にぶら下がっている大きな提灯に「さけ、ふくまさ」と書いてあったのだ。

菊次郎が戸口に身を寄せると、腰高障子の向こうから、男の哄笑、濁声《だみごえ》、瀬戸物の触れ合うような音などが賑やかに聞こえてきた。客が大勢いるらしい。繁盛している店のようである。

菊次郎は、福政の腰高障子をあけた。店内の土間に、いくつかの飯台が並べられ、そのまわりに男たちが腰を下ろして酒を飲んだり、めしを食ったりしていた。半纏姿や丼姿の者が目につく。近所で働く、船頭、川並、木挽などが多いようだ。

「いらっしゃい」

小女《こおんな》が、戸口に立った菊次郎を目にして声をかけた。十七、八と思われる色の浅黒い娘である。

「寅六は、来てるかい」

菊次郎は、小女に身を寄せて訊いた。寅六が来ていなければ、どうにもならないのである。

「いますよ、ほら、隅に」

小女が指差した。菊次郎のことを、寅六の知り合いと思ったらしい。

奥の隅の飯台に、男がひとりで飲んでいた。船頭らしい紺の半纏に丼姿だった。首に手ぬぐいを巻いている。

6

菊次郎は、寅六の脇に立ち、

「寅六さんですかい」

と、訊いた。

寅六はだいぶ飲んだとみえて、顔が熟柿《じゅくし》のようだった。飯台には、銚子が五、六本並んでいる。

「だれでえ、おめえは」

口をへの字にむすんで、寅六が上目遣いに菊次郎を見上げた。顔だけでなく、目まで赤くなっている。

「浅次郎《あさじろう》といいやす」

咄嗟に、菊次郎は偽名を遣った。

「浅次郎だと、知らねえなァ」

寅六が警戒するような目で菊次郎を見ながら言った。

「徳助に、聞いてきたんでさァ」

菊次郎は、徳助の名を出した。

「森田屋《もりたや》の徳助か」

「へい」

森田屋かどうか聞いてなかったが、徳助のことなどどうでもよかった。菊次郎の目的は寅六から話を聞き出すことである。

そんなやり取りをしているところへ、さっきの小女が注文を訊きにきた。

「酒と肴《さかな》を頼むぜ。酒は、ふたり分な」

菊次郎がそう言うと、寅六がニタリとした。これから先は、酒代を出さずに飲めると思ったらしい。

「それで、おれに何か用かい」

寅六が訊いた。

「あっしは、浅五郎に世話になってやしてね」

菊次郎が急に声をひそめて言った。

「浅五郎ってえと、要橋近くで殺されたやつか」

寅六も声をひそめた。

「そうでさァ。でけえ声じゃァいえねえが、あっしは浅五郎を殺った下手人をつきとめてえんでさァ」

菊次郎が顔をけわしくして言った。

「下手人をな……」

寅六が目を剝いて、唾を飲み込んだ。

そのとき、小女が銚子を二本、それに小鉢の煮染《にしめ》と小皿のたくわんを盆に載せてきた。とりあえず、すぐに用意できる肴を持ってきたらしい。

「ま、飲んでくれ」

菊次郎が銚子を取った。

「お、すまねえ」

寅六が猪口を差し出した。手が震えている。

寅六は菊次郎がついでやった酒を、ぐびりと飲み、おめえもやってくれ、と言って銚子を手にした。

「そ、それで、下手人をつきとめてどうする気だい」

寅六が、菊次郎の猪口につぎながら訊いた。

「どうするって。……おれには敵《かたき》討ちなんぞできねえ。せめて、親分に訴えてお縄にしてやりてえのよ」

「もっともだ」

「それで、おめえに訊きてえことがあってな」

「何でも訊いてくれ。……このままじゃァ、浅五郎が浮かばれねえからな」

「浅五郎が殺された日の夕方、うろんな侍を見かけたそうじゃァねえか」

菊次郎が声をあらためて訊いた。

「ああ、見たぜ。仙台堀沿いの道をふたりで歩いてたよ」

「ふたりか」

思わず、菊次郎の声が大きくなった。ふたりとは、思わなかったのである。

「ひとりは町人でな、船頭のような身装《なり》をしてたぜ」

寅六が猪口を手にしたまま言った。

「人相は分かるか」

「手ぬぐいで頬っかむりしてたんで、顔は分からねえ」

寅六によると、町人体の男は中背で痩身だったという。

「侍は？」

「図体のでけえやろうでな。羽織袴で大小を差してたぜ」

大柄で、御家人ふうだったらしい。

「顔を見たか」

「見たぜ。……歳は三十がらみで、顎の張ったごつい顔をしてたな」

「そのふたり、どこかで見かけたことはねえかい」

菊次郎は、何とかふたりの塒《ねぐら》をつきとめたかった。

「ふたりとも、見たことはねえ」

「そうか」

寅六が口にしたふたりの身装《みなり》も風貌も、ふたりを手繰《たぐ》る確かな手がかりにはならなかった。

菊次郎は、寅六に酒を勧めながらさらにふたりのことを訊いたが、探索に役立つような話は聞けなかった。寅六は、浅五郎が殺された日の夕方、ふたりの姿を見かけただけなのである。

「これまでの酒代は、おれが持つぜ。ゆっくりやってくんな」

そう言い置いて、菊次郎は福政を出た。

外は夜陰につつまれていた。十六夜の月が、頭上で皓々とかがやいている。

仙台堀沿いの道に人影はなく、聞こえてくるのは風音と汀《みぎわ》に寄せるさざ波の音だけだった。道沿いの表店は大戸をしめて洩れてくる灯もなく、ひっそりと夜の帳《とばり》につつまれている。

菊次郎を尾けてきた千次と犬山の姿はなかった。菊次郎が福政に入ったのを見て、尾行はやめたのかもしれない。

……今日のところは、極楽屋に帰るか。

菊次郎は胸の内でつぶやくと、仙台堀沿いの道を足早に歩きだした。足元に落ちた短い影が跳ねるようについてくる。

7

日本橋小舟町《にほんばしこぶなちょう》。掘割沿いに柳屋《やなぎや》という料理屋があった。戸口の脇に小ぶりの梅と南天が植えてあり、籬《まがき》とちいさな石灯籠《いしどうろう》が置いてあった。それほど大きな店ではなかったが、老舗《しにせ》らしい落ち着いた雰囲気がある。

柳屋の二階の奥の間で、五人の男が酒を飲んでいた。どういう集まりなのか、町人が三人、武士がふたりである。

燭台の灯に浮かび上がった五人の身辺には、いずれも多くの修羅場をくぐってきた者特有の陰湿で酷薄な雰囲気がただよっていた。

「それで、地獄屋の者は動き出したのか」

五十がらみと思われる男が、低い声で訊いた。

面長で鼻梁が高く、顎がとがっている。黒羽織に細縞の小袖。渋い路考茶《ろこうちゃ》の角帯をしめていた。商家の旦那ふうである。

「小舟町の旦那、菊次郎ってえやつが、あっしらのことを探っていやすぜ」

答えたのは、菩薩の千次だった。

千次は、菊次郎の名をつきとめたらしい。千次の物言いやその場の雰囲気から推《お》して、小舟町の旦那と呼ばれた男が、頭格らしかった。

この男の名は団蔵《だんぞう》。その場に集まった男たちは団蔵の名を知っていたが、あえて小舟町の旦那と呼んでいた。正体を秘匿《ひとく》するために、それだけ用心していたのだ。小舟町と呼んだのは、そこに住んでいたからである。

「殺し屋なのかい」

団蔵が、訊いた。やわらかな物言いだが、千次にむけられた目には刺すようなひかりが宿っていた。

「はっきりせん。手引き人かもしれんな」

くぐもった声で言ったのは、牢人の犬山だった。ぬらりとした表情のない顔で、杯をかたむけている。

「地獄屋には、手引き人もいるだろうな。……定次郎《さだじろう》の方は、何か知れたかい」

団蔵が、もうひとりの町人体の男に目をむけた。

肌の浅黒い剽悍そうな面構《つらがま》えの男だった。よく見ると、右頬に刀傷がある。色褪せた格子縞の小袖に股引、手甲脚半《てっこうきゃはん》をつけていた。行商人か流れ者の渡世人といった雰囲気がある。

この男の名は、深谷《ふかや》の定次郎。中山道の深谷宿付近の百姓《ひゃくしょう》の次男坊だったが、若いころ深谷宿の博奕打ちの親分に杯をもらい、渡世人として生きてきた男である。

数年前、人を斬って凶状持となり、江戸に流れついて団蔵を頭とする一党にくわわったのである。

「朴念と呼ばれる坊主がいやす。こいつも殺し人とみやしたが」

定次郎が、かすれ声で言った。

「坊主だと」

団蔵が、驚いたような顔をして訊いた。

「そうだ、坊主だ」

そう言ったのは、御家人ふうの男だった。この男が、浅五郎を斬殺した武士である。

この男の名は絵島東三郎《えじまとうざぶろう》。五十石を喰《は》む御家人だが、非役だった。歳は三十代半ば。若いころから遊び人で、飲み屋や岡場所はむろんのこと、吉原《よしわら》や賭場へも顔を出すくずれ御家人だった。

ただ、剣は遣い手だった。絵島は少年のころから屋敷の近くにあった神道無念流《しんとうむねん》の道場に通い、二十歳《はたち》を過ぎたころには道場主にも、三本のうち一本は取れるほどの腕になった。ところが、二十五歳のとき、酔った勢いで町人と喧嘩になり、ふたり斬り殺して道場を破門になってしまった。その後は放蕩無頼《ほうとうぶらい》の暮らしをつづけ、家にもほとんどよりつかなくなった。

そうしたおり、賭場で大負けしたときに団蔵に駒をまわしてもらい、それが縁で一党にくわわったのだ。

「その坊主、殺し人ですかね」

団蔵が、絵島に訊いた。

「おれは殺し人とみた。あやつの体は、武芸で鍛えたものだ。武器《えもの》は何を遣うか分からんがな」

「菊次郎に、朴念ですか。……それらしい侍は、いませんでしたかね」

団蔵が四人の男に視線をまわして訊いた。

「地獄屋には、うさんくさいやつがごろごろしてやす。ですが、それらしい侍は姿を見せやせんぜ」

と、千次が言った。

「地獄屋には、人斬り平兵衛と呼ばれている男がいるはずですがね」

「平兵衛の名は、おれも聞いたことがあるぞ」

絵島が口をはさんだ。

「小舟町の旦那、平兵衛ってえ男はどんなやつです」

定次郎が、くぐもった声で訊いた。

「わたしも、見たことはありませんがね。もうかなりの年寄りのはずですよ。三年ほど前に、そろそろ還暦になると、耳にした覚えがありますんでね」

「そんな年寄りは、いねえな」

と、千次。

「ま、いずれ、姿を見せるでしょうよ。それに、平兵衛の他にも凄腕の若い侍もいると聞いてますからね」

そう言って、団蔵は膳の杯に手を伸ばした。

次に口をひらく者がなく、手酌で酒をつぐ音や喉の鳴る音などが聞こえていたが、千次が杯を手にしたまま、

「どうしやす、菊次郎を始末しやすか」

と、目をひからせて訊いた。

「そうですねえ。手始めにやってみますか」

そう言って、団蔵は一同に目をやった後、

「五十で、どうです」

と、言い足した。殺しの報酬が、五十両ということらしい。となると、団蔵が元締めで、他の四人は殺し人のようだ。

「小舟町の旦那、あっしにやらせてくだせえ」

千次が勢い込んで言った。

「ひとりで？」

団蔵が千次に訊いた。

「あんな、腑抜けやろう、ひとりでたくさんでさァ」

「いいでしょう。千次にやってもらいましょう」

団蔵は、ただ、焦ることはありませんよ、と言い添え、

「わたしらの狙いは、あくまでも地獄屋の殺し人たちを皆殺しにすることですからね」

と小声で言って、一同に視線をめぐらせた。

団蔵の双眸《そうぼう》が、燭台の灯を映して燃えるようにひかっている。

第二章　尾行者

1

「親分、だれか連れていかなくていいんですかい」

戸口まで送ってきた嘉吉が、島蔵の耳元で訊いた。

嘉吉は、梅吉と浅五郎が殺されたこともあり、島蔵がひとりで出歩くのに不安を覚えていたのだ。

「まだ、昼前だぜ。おれを狙うにしても、陽が沈んでからだろうよ。嘉吉、おれのことより、店を頼むぜ」

島蔵が嘉吉の肩をたたきながら言った。

嘉吉は上州から江戸に流れてきた無宿者だった。長く極楽屋に住み、ここ三年ほど手引き人をやっていたのだが、島蔵が店の切り盛りも頼むようになったのである。ただ、手が足りないときは、いまでも手引き人をすることもあった。

島蔵には、いずれ嘉吉を養子に迎えて極楽屋を継《つ》がせたいという肚《はら》があった。それというのも、島蔵にはおくらという女房がいたが、子がなかったからである。

「七ツ（午後四時）ごろまでには、帰るよ」

島蔵はそう言い置いて、極楽屋を出た。

おだやかな晴天だった。陽射しは強く、大気のなかには春の訪れを感じさせるやわらかさがあった。微風のなかに、木の香りと潮の匂いがある。いつも嗅《か》ぎなれた匂いだが、清々《すがすが》しい感じがした。春を思わせる陽気のせいかもしれない。

島蔵は、柳橋《やなぎばし》にある一吉《いちよし》という料理屋へ行くつもりだった。一吉のあるじ、吉左《きちざ》衛門《えもん》と会うためである。吉左衛門は、肝煎屋《きもいりや》とか、つなぎ屋と呼ばれる殺しの斡旋人だった。

殺しを依頼する者の多くは、直接地獄屋に来て島蔵に会うようなことはしなかった。依頼人は自分が殺しを頼んだことを秘匿せねばならなかったし、地獄屋のような店に来れば、それだけで不審をいだかれるからである。

島蔵の方も、依頼人と直接会うことを嫌った。町方の探索を受けた場合、依頼人と自分のつながりが知れると、疑いの目が島蔵にむけられるからである。そうしたこともあって、殺し屋の元締めと依頼人の双方が、吉左衛門のようなつなぎ役を必要としたのだ。

島蔵は店の前の掘割にかかる橋を渡り、仙台堀沿いの通りへ出た。陽気がいいせいもあってか、通りにはちらほら人影があった。木場で働く男や材木を大八車で運ぶ人足などが目についたが、ぼてふりや行商人らしい男の姿などもあった。

島蔵は要橋のたもとを通り、東平野町まで来た。前方に亀久橋が迫り、橋を行き来する人の姿もはっきりと見えた。

亀久橋のたもとまで来たとき、島蔵は何気なく背後を振り返った。浅五郎が殺された現場近くでもあり、背後から襲われるのを気にしたのかもしれない。

……あいつ、おれを尾けているのか。

島蔵は、一町ほど後ろから歩いてくる男を目にとめた。

男は菅笠をかぶり、手甲脚半姿で、風呂敷包みを背負っていた。旅の行商人といった感じである。

島蔵は仙台堀沿いの道に出てまもなく、その男の姿を目にしていたのだ。同じ男が歩いていても何の不思議もないが、島蔵が気になったのは、男との距離がそのときと変わらなかったからである。

……たしかめてやるぜ。

島蔵はすこしだけ足を速めた。一町ほど離れている後ろの男に、足を速めたことを気付かれない程度である。

島蔵はしばらく歩いてから、それとなく背後に目をやった。

……やつは、おれを尾けている。

島蔵は確信した。島蔵と背後の男の距離は、まったく変わらなかったのだ。

まいてやろう、と島蔵は思った。すこしも慌てなかった。こんなときのために、島蔵は仙台堀沿いの通りに尾行者をまくための道筋をいくつも用意していた。

島蔵は半町ほど歩き、いきなり右手の路地へ入った。

そして、小走りになった。十数間路地を進んだところで、さらに左手の細い路地へ入った。その路地を半町ほど行くと、四辻に突き当たる。その辻を右手にまがったところで、島蔵は足をとめた。ここまで来れば、尾行者がどんなに速く走っても、ついてこられないはずである。

……おれの命も、狙ってるってことかい。

島蔵は歩きながらつぶやいた。小走りになったせいもあり、大きな顔が赭《あか》黒く染まっていた。牛のように大きな目が、底びかりしている。

何者であろうか。島蔵は、思い当たる者がいなかった。

それに、敵はひとりではないはずだ。すくなくとも、島蔵を尾けてきた男と浅五郎と梅吉を斬殺した武士は別人である。柳橋へ着くまで、島蔵は何度か振り返って尾行者に気をくばったが、それらしい男はいなかった。

一吉の暖簾をくぐると、吉左衛門が姿を見せ、島蔵を二階の奥の座敷に案内してくれた。そこは他の客と隔離された奥まった一室で、殺しの依頼人や特別な馴染《なじ》み客を入れる座敷だった。

「酒にしますかな」

島蔵が腰を下ろすとすぐ、吉左衛門が訊いた。

吉左衛門は五十がらみ、唐桟《とうざん》の羽織に細縞の小袖、渋い海老茶《えびちゃ》の角帯をしめていた。どこから見ても、料理屋のあるじ然とした身装《みなり》である。

「酒をもらうかな」

島蔵が言った。料理屋に来て、茶だけというわけにはいかなかった。奉公人や女中が疑うだろう。

「すぐ、運ばせますよ」

「肴は、有り合わせでかまわねえぜ」

「今日は鰈《かれい》の煮たのが、うまいと思いますよ」

そう言い残し、吉左衛門は座敷を出たが、いっとき待つと、おはるという年増の女中とふたりで、酒肴の膳を運んできた。

おはるは一吉に長く勤める女中で、島蔵とも何度か顔を合わせていた。島蔵は、一吉で大工の棟梁ということになっていた。

肴は鰈の煮付けと酢の物、それに小茄子《なす》の漬物だった。鰈は飴色に煮付けられ、うまそうだった。さすがに料理屋だけあって、食器といい料理といい極楽屋で出すものとはだいぶ差があった。

「まァ、一杯」

吉左衛門が銚子を取った。

島蔵は杯で受けながら、

「妙な雲行きになってきてな」

と、声をひそめて言った。

「何があったんです」

吉左衛門が、銚子を手にしたまま訊いた。

「うちの店に出入りしてるやつが、ふたりも殺《や》られたのだ」

島蔵は杯の酒を飲み干した後、梅吉と浅五郎が殺された経緯をかいつまんで話し、自分もここへ来る途中尾けられたことを言い添えた。

「だれの仕業だい」

吉左衛門の物言いが変わっていた。殺しのつなぎ屋としての顔を垣間《かいま》見せたのである。

「そいつが、分からねえ。……おめえに訊けば、何か分かるかと思って、こうして足を運んできたわけだ」

「梅吉と浅五郎を斬ったやつだが、侍かい」

吉左衛門が訊いた。

「まちげえねえ。刀を遣ってるからな。それに一太刀だ。腕の立つ武士とみていいな」

「殺し人かもしれねえな」

「おめえ、見当がつかねえかい」

吉左衛門は、一吉を始める前までは盗賊の頭だった男である。江戸の闇社会のことはくわしく、賭場の貸元や香具師《やし》の親分などとのつながりもあった。島蔵は、吉左衛門に訊けば下手人の見当がつくのではないかと思い、こうして足を運んできたのである。

「おれにも、分からねえなァ」

吉左衛門が首をひねった。

「となると、深川や浅草界隈で名の知れたやつじゃァねえな」

吉左衛門は、深川、本所、浅草界隈で顔がひろかった。その吉左衛門が知らないとなると、別の場所からもぐり込んできた者たちかもしれない。

「そういえば、おれも気になってることがあってな」

吉左衛門が眉宇《びう》を寄せて言った。

「何が気になってるんだ」

「殺しの依頼だよ。ここんとこ、まったく話がねえ」

「そうだな……」

言われてみれば、ここ半年ほど吉左衛門から殺しの話はなかった。

「おれたちの縄張《しま》に、だれかがもぐり込んできたのかもしれねえぜ」

吉左衛門が低い声で言った。虚空を見すえた目に、盗賊の頭を思わせるような凄みがあった。

それから、島蔵は半刻（一時間）ほど、吉左衛門と話し、

「何か分かったら知らせてくれ」

と、言い残して腰を上げた。

2

暮れ六ツ（午後六時）前だったが、辺りは薄暗かった。空が厚い雲でおおわれていたからである。

菊次郎はひとり、今川町《いまがわちょう》の仙台堀沿いの道を歩いていた。これから、地獄屋へ帰るつもりだった。

菊次郎は、今川町の大川端《おおかわ》にある喜島屋《きじまや》という船宿へ行った帰りだった。寅六から話を聞いた翌日、要橋付近をまわって船頭や川並などから聞き込み、惣吉《そうきち》という若い船頭から、今川町で飲んだ帰り、喜島屋へ入っていく御家人ふうの武士を見かけたという話を耳にしたのである。

さっそく、菊次郎は喜島屋に行ってみた。裏口から出てきたお梅《うめ》という女中に袖の下を渡して話を聞くと、

「大柄なお武家さまと船頭らしい男《ひと》が来ましたよ」

と、お梅が言った。

菊次郎がふたりの人相や身装《みなり》を訊くと、寅六が見かけたふたりであることが分かった。年格好や風貌がそっくりだったのである。おそらく、ふたりは仙台堀沿いの道を歩いて、喜島屋に入ったにちがいない。

「ふたりの名が、分かるかい」

菊次郎が勢い込んで訊いた。

「さア……」

お梅は首をひねった。ふたりの名は聞いてないという。

「塒《ねぐら》は、どこか分からねえかな」

「それも聞いてないのよ」

「おめえ、何か耳にしたことがあるのか」

菊次郎は、ふたりを手繰《たぐ》る手掛かりがほしかった。

「商売の話をしてたようだけど……」

「商売だと？」

思わず、菊次郎は聞き返した。商売が分かれば、ふたりを手繰る手がかりになるはずである。

「そう、あんな寂しい場所で、商売になるのか、とか。端《はな》から儲ける気はないのだろう、とか。そんな話をしてたけど」

お梅は首をひねりながら話した。

「……！」

菊次郎は、極楽屋のことだと直感した。ふたりは、極楽屋のことを話題にしていたようだ。

それから、菊次郎はいろいろお梅に訊いたが、首を横に振るばかりだった。お梅は、ふたりを二階の座敷に案内し、酒肴の膳を運んだだけらしいのだ。話を耳にしたのは、膳を運んだときだという。

ただ、菊次郎が気になった話もないではなかった。お梅によると、ふたりが喜島屋に来たのは、二度目だというのだ。一度目は、二十日ほど前だという。ちょうど、梅吉が殺された夜らしいのだ。

そのことから、菊次郎は、ふたりが梅吉と浅五郎を斬り殺した帰りに、喜島屋に立ち寄ったらしいことが分かった。殺しで昂《たかぶ》った気を鎮めるために酒を飲もうとしたのかもしれない。人殺しの後は、だれでも異様に気が昂るものなのだ。

菊次郎はお梅から話を聞き、次に同じような殺しがあれば、またふたりは喜島屋に立ち寄るのではないかと思った。そのとき、喜島屋に駆け付ければ、ふたりの正体がつかめるかもしれない。

そんなことを思いながら、菊次郎は仙台堀沿いの道を歩いていた。

掘割の水面を渡ってきた風が冷たかった。寒風が店仕舞いした表店の看板や大戸をたたきながら、吹き抜けていく。

通りは、ほとんど人影がなかった。通り沿いはひっそりとして、風音と汀《みぎわ》に寄せる波音だけが聞こえてくる。

前方に亀久橋が迫ってきた。この辺りまで来ると、通り沿いの表店もとぎれ、空き地や笹藪なども目立つようになってくる。寒風がヒュゥヒュゥと物悲しい音をたて、笹藪や雑草を薙《な》ぎ倒していく。

……だれか、いるぜ。

橋のたもとちかくの草藪の陰に、黒い人影があった。

その人影が、ゆっくりとした足取りで通りへ出てきた。

一瞬、菊次郎の足がとまった。殺された浅五郎と梅吉のことが、脳裏《のうり》をよぎったのである。

人影は町人体だった。手ぬぐいで、頬っかむりしている。着物を裾高に尻っ端折りし、股引に草鞋履きらしかった。すこし前屈みの格好で立っている姿は、獲物に飛びかかる寸前の狼のようだった。

菩薩の千次だった。むろん、菊次郎は千次の名はしらない。

……殺し人だぜ。

菊次郎は直感した。

おそらく、武士といっしょにいた町人体の男であろう。

すばやく、菊次郎は立っている男の周辺に視線をやった。近くに武士が身をひそめているとみたのである。

だが、辺りに人影はなかった。ひそんでいる気配もない。

千次は、ゆっくりと歩を寄せながら、

「てめえを殺るのは、おれひとりでたくさんだよ」

と、うそぶくように言った。口元に薄笑いが浮いている。このとき、千次も菊次郎が殺し人とみていなかったのだ。

……ひとりなら、逃げることはねえ。

菊次郎は、指先で襟元《えり》を探った。

襟をわずかに裂いて、薄い剃刀がしのばせてあったのだ。菊次郎は、剃刀を右手の指先で挟むように持った。すれちがいざま、相手の首筋を掻っ切るのである。

千次が足をとめた。菊次郎との間合は五、六間。対峙《たいじ》したまま右手を懐につっ込んだ。手にしたのは匕首である。

剃刀と匕首。殺し人同士の戦いである。

「てめえの命は、おれがもらった」

千次は身をかがめ、右手で握った匕首を顎の下に構えた。

薄闇のなかで、構えた匕首が狼の牙のように見えた。その身辺に、いまにも飛びかかってくるような気配がある。

菊次郎は右手を胸のあたりに取った。相手は、菊次郎が素手で立ち向かおうとしていると思うはずである。相手から、剃刀は見えないのだ。

「行くぜ」

言いざま、千次が疾走してきた。

上体をかがめ、顎の下に構えた匕首が夕闇を切り裂くように迫ってくる。

菊次郎も前に走った。

ふたりは二匹の狼のように疾走した。その黒い姿が一気に急迫し、交差した。その瞬間、千次は匕首を横に払い、菊次郎は千次の首筋を狙って、指に挟んだ剃刀を突きだした。一瞬の攻撃である。

菊次郎の左の二の腕に、焼《や》き鏝《ごて》を当てられたような衝撃がはしった。

一方、千次は顎のあたりに、何かに刺されたような激痛を覚えた。

ふたりは五間ほど離れ、足をとめて反転した。

ザックリ、と菊次郎の二の腕が裂け、血が噴いている。菊次郎は目をつり上げ、後じさった。千次の匕首の腕に恐怖を覚えたのである。

千次は驚愕《きょうがく》に目を剝いた。顎から頬にかけて何かで切り裂かれ、流血で赤い布を張ったように染まっていた。

千次もまた恐怖で、匕首を手にしたまま棒立ちになっていた。菊次郎が何を遣ったか分からなかったことも、恐怖心を煽《あお》ったのだ。

「て、てめえは、殺し人か！」

千次は、菊次郎が手引き人ではなく、殺し人であることを察知した。

「そういうおめえも、殺し人だな」

菊次郎もまた、千次が殺し人であることを確信した。

「やるかい」

ふたたび、菊次郎が身構えた。

「勝負はあずけたぜ」

言いざま、千次はすばやく後じさった。そして、間があくと反転して駆けだした。

そのとき、千次が勝負を避けたのは、恐怖のためだった。菊次郎の遣う目に見えない武器を恐れたのだ。

一方、菊次郎も千次を追わなかった。菊次郎の胸にも恐怖があった。それに、左腕からの出血が激しく、戦意をそがれていたのである。


「菊次郎、その傷は！」

島蔵が目を剝いて訊いた。極楽屋の店内にいた男たちも驚いたような顔をして、菊次郎のまわりに集まってきた。

菊次郎が、千次に斬られた左腕を押さえて極楽屋の縄暖簾をくぐると、店内にいた島蔵が、血に染まった菊次郎の左腕を目にしたのだ。

「なに、てえした傷じゃァねえ。亀久橋近くで、襲われたのよ」

菊次郎が苦笑いを浮かべて言った。傷の痛みは、それほどでもなかったが、出血が激しかった。切り裂かれて垂れ下がった袖は蘇芳《すおう》色に染まり、手の甲からタラタラと血が滴《したた》り落ちている。

「手当てが先だ。嘉吉、晒《さらし》と傷薬を持ってきてくれ」

島蔵が、そばにいた嘉吉に指示した。

嘉吉はうなずくと、すぐに土間の奥へ走った。こんなときのために、極楽屋には切り傷や打ち身などを手当てする薬類や晒、添え木などが用意してあったのだ。

島蔵は、菊次郎を空き樽に腰掛けさせると、匕首で血に染まった袖を切り落とし、二の腕をあらわにした。

二の腕が二寸ほど裂け、血が流れ出ていた。

「なに、てえした傷じゃァねえ」

島蔵は、すぐに手当てに取りかかった。

嘉吉が持ってきた晒で傷口を強く押さえ、いったん出血をとめてから別の晒に金創《きんそう》膏《こう》をたっぷりと塗って傷口に当てた。そして、晒を幾重にも巻いて縛《しば》った。手際のいい処置である。島蔵の傷の手当ては、なまじの医者以上だった。これまで、傷を負った殺し人や極楽屋に住む男たちの傷の手当てをしてきたからである。

「これで、でえじょうぶだ。しばらくすれば、傷口がふさがって血もとまるはずだぜ」

そう言って、島蔵が菊次郎の肩先をかるくたたいた。

「元締め、すまねえ」

菊次郎が言った。

島蔵は、まわりに集まった男たちに、おめえたちは向こうへ行ってな、と言って、飯台にもどしてから、

「それで、相手は」

と、小声で訊いた。

「匕首を遣うやつでしてね」

「梅吉と浅五郎を殺ったやつとは、別か」

「へい。……ですが、殺し人ですぜ」

「なに、殺し人だと」

島蔵が大きな目をさらに見開いた。鶉《うずら》の卵のようである。

「まちげえねえ」

「おれたちの縄張に、殺し人が入り込んできたってことか」

島蔵が虚空を睨むように見すえて言った。大きな目が燭台の火を映し、熾火《おきび》のようにひかっている。

3

「右京さま、今日の夕餉《ゆうげ》はどうします」

まゆみは、戸口で刀を右京に渡しながら言った。

まゆみは所帯を持ってからも、右京のことを旦那さまとは呼ばず、右京さまと呼んでいた。子供がいないせいもあり、娘のころの呼び方が変えられなかったのだ。

まゆみは新妻らしく、うすく紅を塗り、鉄漿《かね》をつけていた。赤襷《だすき》をかけ、色物の前だれをかけている。あらわになった腕や首筋の白い肌が襷や色物の前だれに映《は》え、初々しい若妻らしい色香をただよわせていた。

「夕餉までには、もどるつもりだ」

右京は、吉永町にある極楽屋に行ってみるつもりだった。菊次郎が傷を負ったと耳にし、気になっていたのである。

まゆみには、剣術の出稽古《でげいこ》に行くと言ってあった。右京は牢人の身で長屋住まいだったが、御家人である実家の合力と剣術の出稽古の謝礼で暮らしをたてていることになっていた。右京は、鏡新明智流《きょうしんめいち》の遣い手だったのである。

ただ、剣術の出稽古は嘘だった。その実、右京は殺し人として手にする金で口を糊してきたのだ。

右京は平兵衛と同様、殺し人であることをまゆみに話さなかった。不安を抱かせないためもあったが、まゆみが殺し人の妻として重荷を背負って生きていくことを心配したのである。

まゆみのために、殺し人をやめようと思ったこともあったが、いまはやめるつもりはなかった。右京のように剣しか取り柄のない牢人は、結局生死を賭した修羅場でしか生きていけないのだ。まゆみの父親の平兵衛も、娘のことを思いながら殺し人として生きてきたのである。

「右京さまの、好物の根深汁《ねぶか》を作っておきますから」

まゆみが、小声で言った。声に甘えるようなひびきがある。

「それは、ありがたい。……まゆみ、夕餉の支度《したく》をするにしても間があろう。どうだな、久し振りに義父上《ちちうえ》と話してきては」

義父上とは、平兵衛のことである。しばらく、まゆみは庄助長屋に顔を出していないので、平兵衛も寂しがっているだろう。

「そうします」

　まゆみが、口元に笑みを浮かべて言った。

　右京は腰高障子をあけて外へ出た。右京夫婦は、神田岩本町《かんだいわもとちょう》の長兵衛店《ちょうべえだな》に住んでいた。

　右京は賑《にぎ》やかな両国広小路《りょうごくひろこうじ》を抜け、両国橋を渡って本所へ出た。竪川《たてかわ》にかかる一《ひと》ツ目《め》橋を渡って深川へ出ると、大川端を川下にむかって歩いた。そして、仙台堀にかかる上《かみ》ノ橋のたもとを左手にまがって、極楽屋のある吉永町へ足をむけた。

　縄暖簾は出ていたが、極楽屋はひっそりしていた。八ツ（午後二時）ごろだったので、男たちは仕事に出ているのだろう。

　縄暖簾をくぐると、飯台の隅に伊吉と峰造がめしを食っていた。遅い昼めしのようだ。

「片桐の旦那」

　伊吉が声を上げた。

「元締めはいるか」

「へい、板場にいやすから、呼んできやすぜ」

　伊吉は、すぐに腰を上げ、土間の奥にある板場に入った。

　待つまでもなく、伊吉が島蔵を連れてもどってきた。前だれをかけ、手ぬぐいを肩にかけていた。煮物でもしていたのか、島蔵がそばに来ると、煮物の匂いがした。

「菊次郎が、傷を負ったと聞いたのでな。来てみたのだ」

右京が言った。

「てえした傷じゃァねえ」

「相手はだれだ」

右京が声をひそめて訊いた。

「奥にいるから、本人に訊いてみるといい」

そう言って、島蔵は奥に目をむけた。

「そうするか」

右京は、すぐに奥へ足をむけた。

店の奥に、極楽屋を塒にする男たちの部屋がいくつかあった。その手前の一部屋があいていて、密談や怪我人などが一時的に寝泊まりするのに使われていた。菊次郎はその部屋にいるという。

行ってみると、菊次郎は座敷の隅の柱に背をもたせかけ、茶を飲んでいた。血色はよかった。どこに傷を負ったのか、着物の上からでは分からなかった。

「これは、片桐の旦那」

菊次郎が驚いたような顔をして背筋を伸ばした。

「たいした傷ではないようだな」

右京は、菊次郎の脇に腰を落とした。

「これでさァ」

菊次郎が、左の袖を捲《まく》り上げた。二の腕に晒が巻かれ、黒ずんだ血が染みていた。

「刀か」

右京が訊いた。

「いえ、匕首でさァ」

菊次郎は、そのときの様子をかいつまんで話し、

「殺し人とみていいやす」

と、声を低くして言い添えた。

「梅吉と浅五郎を斬った武士も、殺し人とみていいのかもしれんな」

「へい、元締めは、あっしらの縄張《しま》に殺し人が入り込んだとみてやすぜ」

「そうか」

右京は、それほど驚かなかった。梅吉と浅五郎が、得体《えたい》の知れない武士に斬殺されたと聞いたときから、殺し人の仕業《しわざ》かもしれぬ、との思いがあったのだ。

右京は、菊次郎に匕首を遣った男の風貌《ふうぼう》や体軀《たいく》などを訊いてから、腰を上げた。どこかで、その男と出会うかもしれないと思ったのである。

「片桐の旦那、やつならすぐに分かりやすぜ」

菊次郎が声をかけた。

「どういうことだ」

「あっしの剃刀で、やつの頰をえぐってやりやしたから」

菊次郎によると、顎から頰を横に切ったという。

「なるほど」

顔の傷を見れば、すぐに分かるはずだ。

右京は、しばらく、骨休みするんだな、と言い置いて、座敷を出た。

島蔵は、酒でも飲んでいけ、と言ったが、右京は断った。酒を飲む気にはなれなかったのである。

茶を淹《い》れてもらい、島蔵と半刻（一時間）ほど話してから、腰を上げた。島蔵が話題にしたのは、吉左衛門とのやり取りである。

「ちかいうちに、片桐の旦那の手を借りることになりますぜ」

島蔵はそう言って、右京を送り出した。

店の外は薄暗かった。空がどんより曇り、冷たい風が吹いている。右京は足早に仙台堀沿いの道を歩いた。

右京が要橋から一町ほど歩いたとき、笹藪の陰から通りへ出てきた男がいた。菅笠をかぶり、風呂敷包みを背負っていた。手甲脚半姿で、腰に長脇差を帯びている。深谷の定次郎だった。定次郎は、一町ほどの間隔を保ったまま右京の跡を尾けていく。

右京は、定次郎に気付かなかった。ただ、右京は尾行者のことも考え、島蔵と同じように途中、入り組んだ裏路地をたどった。それで、定次郎をまくことができた。そうした道筋をたどったのは、右京の胸に、まゆみと暮らしている長兵衛店を敵に知られたくないという強い思いがあったからである。

4

陽が西の空にまわり、仙台堀沿いの道は淡い蜜柑《みかん》色に染まっていたが、まだ日中のように明るかった。暮れ六ツ（午後六時）までには、まだすこし間がありそうである。ぽつぽつと人が行き交っていた。仕事を終えたぼてふり、出職の職人、船頭、川並などの姿が目につく。

孫八は仙台堀沿いを歩いていた。仕事帰りの男をつかまえて、話を聞こうと思ったのである。

孫八は、菊次郎が匕首を持った男とやりあい、剃刀で相手の顎から頬にかけて切り裂いたという話を聞いた。そのとき、それだけの傷を顔に負えば、簡単には隠せない、逃げていく男を見かけた者がいるはずだ、と思ったのである。

「ちょいと、ごめんよ」

孫八は、仕事帰りらしいふたり連れの船頭に声をかけた。

「おれたちかい」

赤銅《しやくどう》色に日焼けした丸顔の男が振り返った。もうひとりの小太りの男も足をとめて、孫八に顔をむけた。

「おふたりは、三日前の夕方、ここを通りやしたか」

菊次郎がやりあったのは、三日前である。

「通ったよ」

丸顔の男が怪訝《けげん》な顔をした。孫八が何を聞きたがっているのか、分からなかったからであろう。

「いえね、あっしの仲間が、この辺りで怪我をしたらしいんでさァ。そいつが、家に帰《けえ》ってこねえ。そいつの女房が、心配してやしてね。それで、あっしが……」

孫八は適当な作り話を口にした。

「知らねえぜ」

丸顔の男が素っ気なく言った。

「顔に怪我したらしいんですがね」

孫八が、さらに言った。

すると、ふたりのやり取りを聞いていた小太りの男が、

「その話なら聞いてるぜ」

と、声を上げた。

「見かけやしたかい」

「おれは見てねえよ。見たのは、マサのやろうよ」

「マサといいやすと」

「昌吉《まさきち》だよ」

「昌吉さんとは、どこへ行けば会えやすかね」

孫八は、その男に会って話を聞いてみようと思った。

「おれと同じ長屋だ。会いてえなら、おれといっしょに来な。連れてってやるぜ」

小太りの男が言った。

「お願いしやす」

渡りに船だった。探す手間がはぶける。

小太りの男の名は、増蔵《ますぞう》といった。増蔵が連れていったのは、仙台堀沿いの伊勢崎《いせざき》町《ちょう》にある忠兵衛店《ちゅうべえだな》だった。間口二間の棟割り長屋である。伊勢崎町は仙台堀沿いに細長くひろがっている。

増蔵が、忠兵衛店の井戸端ちかくの棟の前で足をとめ、

「そこだよ」

と言って、とっつきの家の腰高障子を指差した。黄ばんだ障子の内側からは、物音も話し声も聞こえてこなかった。

「昌吉さんはいますかね」

「いるはずだ。おれが、呼んでやるぜ」

増蔵は、腰高障子の前で「昌吉、いるかい」と声をかけた。

すると、なかから「だれだい」という声がして、畳を踏む音が聞こえた。

「増蔵だよ。おめえに会いたいやつが来てるぜ」

増蔵が言った。

ガラリ、と障子があいた。顔を出したのは、三十がらみの痩せた男だった。青白い顔をしている。着古した袷《あわせ》から木の匂いがした。木を扱っているらしいが、日焼けしてないので、家のなかでの仕事であろう。指物師《さしものし》、檜物師《ひものし》、桶屋《おけや》、下駄職人……、そんなところであろうか。

「おめえ、だれだい」

昌吉が、孫八に訝《いぶか》しそうな目をむけた。

「昌吉、おめえ、三日前に顔から血を流している男を見たと言ったろう。そのことで訊きてえことがあるそうだよ」

増蔵は、おれは、行くぜ、と言い置いて、その場を離れてしまった。

「弥八《やはち》といいやす」

孫八は偽名を遣った。聞き込みのときは、滅多に本名は遣わない。名から手繰られたくなかったからである。

「ま、入ってくれ」

昌吉は仕方なさそうに家に入れた。

土間を入ってすぐ、六畳の部屋があるだけだった。人影はなかった。部屋の様子から見て、独り暮らしではないようだ。女房は、外に出ているのかもしれない。

上がり框のそばに、莨盆《たばこぼん》が置いてあった。かすかに莨の匂いがする。昌吉はひとりで、莨を吸っていたようだ。

「手間を取らせてすまねえ」

孫八は巾着から波銭をつまみ出して、昌吉の手に握らせてやった。家のなかまで入りこんで、ただというわけにもいかなかったのである。

「それで、何を訊きてえんだ」

昌吉が銭を握ったまま顔をなごませた。孫八のことを、悪い男ではないと思ったのかもしれない。

孫八は顔に怪我をした男が知り合いであることを話し、

「どんな様子でしたかい」

と、訊いた。

「頬から顎にかけて、血まみれだったぜ」

「頬から顎にかけてね」

孫八は、菊次郎に切られた男にまちがいないと思った。菊次郎は剃刀で、顎から頬にかけて横に切ったと話していたのだ。

「それで、どこで見かけやした」

「上ノ橋の近くだよ」

上ノ橋は仙台堀の堀口にかかっている。大川端といってもいい。

「それで、どっちにまがりやした」

「川下にむかったぜ」

昌吉によると、道端に立って遠ざかっていく男の背を見ていたという。男は顔を押さえて足早に橋のたもとを左手にまがったそうである。

「その先は？」

「見てねえ。家の陰になっちまって、見えなかったからな」

「そうですかい」

孫八は、今川町の喜島屋のことを思い出した。菊次郎から、梅吉と浅五郎を殺した武士と町人体の男が、今川町の喜島屋で飲んだらしいことを聞いていたのだ。今川町は上ノ橋から近かった。

……やつの塒は、佐賀町《さがちよう》辺りかもしれねえ。

と、孫八は思った。

顔に傷を負った男は、上ノ橋のたもとを左手にまがったようだが、その先が佐賀町である。佐賀町は今川町の隣町でもある。

それから、孫八は小半刻（三十分）ほど、昌吉から話を聞いたが、逃げた男を手繰る手がかりは何も得られなかった。

忠兵衛店を出た孫八は、そのまま塒に帰った。すでに、町筋は暮色に染まり、これから佐賀町に行って聞き込みにまわるのは無理だったのだ。

孫八の塒は、深川入船町《いりふねちょう》の甚右衛門店《じんえもんだな》である。二年ほど前まで、孫八の住む長屋は極楽屋と同じ吉永町にあったのだが、元締めの店と近すぎ、島蔵とのかかわりを疑われやすいと考えて越したのである。

5

翌朝、孫八は佐賀町の大川端沿いを歩き、まず、顔に怪我をした男の目撃者を探した。なかなか見つからなかった。男が大川端を通ったとき、すでに表店は店仕舞いし、通行人もほとんどいなかったからである。

それでも、佐賀町に足を運んで二日目、顔を血まみれにした男を見たという者がいた。麻造《あさぞう》という手間賃稼ぎの大工だった。麻造によると、その日、佐賀町の永代橋の近くの一膳めし屋で飲んで大川端を帰るとき、下ノ橋ちかくでその男を見かけたという。

下ノ橋は、油堀《あぶらぼり》にかかる橋である。油堀は大川から富《とみ》ケ岡八幡宮《おかはちまんぐう》の裏手を通って、木場へとつづいている。

「そいつは、どこへむかった」

孫八は男の行き先をつきとめたかった。

「橋の手前に、下駄屋がありやしてね。その脇の路地へ、入《へえ》っていきやしたぜ」

そう言って、麻造が遠方の下ノ橋を指差した。

大川端沿いの通りには、表店が並んでいて下駄屋かどうかはっきりしなかったが、それらしい店があった。

「手間を取らせたな」

孫八は麻造に礼を言って離れた。

下ノ橋の近くまで行くと、なるほど下駄屋があった。軒下に下駄の看板が下げてあり、店先に駒《こま》下駄、東《あずま》下駄、子供用のぽっくりなどが並んでいた。色とりどりの鼻緒《はなお》が、綺麗である。

店の脇を見ると、狭い路地があった。

孫八は路地を覗いてみた。裏路地で店屋はなく、小体な仕舞屋《しもたや》や長屋などが並んでいる。一町ほど先に表通りがあり、そこへの抜け道になっているらしかった。

……やつの塒は、この路地のどこかにある。

孫八は直観的に思った。

孫八は下駄屋の店先にいた若い奉公人に近付いた。話を聞いてみようと思ったのである。奉公人は子供用のぽっくりを並べ直していた。

「手間を取らせてすまねえ」

孫八が声をかけた。まだ、十五、六だろうか。奉公人の顔に、子供らしさが残っていた。赤い鼻緒のぽっくりを手にして、戸惑うような顔をしている。

「この近くで、顔に怪我をした男はいねえかい」

孫八が訊いた。

「顔に怪我ですか……」

奉公人は首をひねった。

「五日前の夜のことだが、この近くに頰を切られた男がいるはずなんだ」

「伝蔵店《でんぞうだな》のひとかな」

奉公人によると、下駄を買いにきた伝蔵店の娘が、顔を切られた男の話をしていたという。

「伝蔵店は、どこにあるんだい」

孫八は、長屋の住人に訊けば早いと思った。

「その路地を入って、すぐですよ。左手に路地木戸がありますから」

そう言うと、奉公人は手にしたぽっくりを台の上に置いた。黒塗りのちいさなぽっくりが、いくつも並んでいる。

孫八は下駄屋の店先から離れ、路地へ入った。なるほど、路地木戸があった。古い長屋らしく、木戸も朽ちかけていた。

木戸を入ると、突き当たりに井戸があった。長屋の女房らしい年配の女がふたり、盥《たらい》を前にして洗濯をしていた。おしゃべりに夢中らしく、盥につっ込んだ手がとまったままである。

「ちょいと、すまねえ」

孫八がふたりの女の前に立って、声をかけた。

ふたりはハッとして口をつぐみ、そろって顔を上げた。その目に、驚きと警戒の色がある。よそ者の孫八が、突然目の前に立ったからであろう。

「あっしは、弥七《やしち》といいやす」

孫八は、愛想笑いを浮かべて言った。むろん、弥七は偽名である。

「何の用だい」

でっぷり太った大柄な女が訊いた。声に、つっけんどんなひびきがある。

「この長屋に、顔に怪我をした男がいると聞いて来たんだ。なに、あっしの知り合いでしてね。怪我をしちまっちゃァ、しばらく仕事に出られねえ。困ってるんじゃァねえかと思い、様子を見に来たんでさァ」

孫八はそれらしい作り話を口にした。

「ああ、千次さん」

そう言った大柄な女の顔に、嫌悪《けんお》の表情が浮いた。もうひとりの痩せた女も、顔をしかめた。

どうやら、千次という男は、女房たちには嫌われているらしい。

「千次は、いやすか」

孫八は、千次という名をだして訊いた。

「いまは、いないよ。ここ、三日ばかり、家を出たきりで、もどってないようだよ」

大柄な女はそう言うと、脇にいる痩せた女と顔を見合わせた。ふたりして眉宇を寄せ、露骨に顔をしかめてみせた。

「顎から横に、頬を切られたらしいよ。でも、出歩けないような傷じゃァないからね」

「顔に怪我したんじゃァねえのかい」

と、大柄な女。

「転んで、とがった石にでもあたったのかな」

孫八はとぼけて、そう訊いてみた。

「ちがうね、うちの亭主は、喧嘩して切られたんだろうって言ってたよ」

大柄な女が言うと、

「うちの亭主はね、賭場で、やられたんじゃァないかと言ったけど」

と、痩せた女が言い添えた。

どうやら、長屋の連中の勝手な想像らしい。

「ところで、千次は、どこへ行ったんだい？」

「知るもんか。あんな男に、かかわりになりたくないんでね。どこへ行こうと、気にしないことにしてるんだ」

大柄な女が、苦々しい顔で言うと、

「いつもそうなんだよ。あの男がここに越してきて、まだ、三月《みつき》ほどなんだけどね。

三、四日、長屋にもどらないことなんて、めずらしくないんだから」
痩せた女が、吐き捨てるようにつづけた。

「千次、ひとりかい。歳を取った母親がいるはずなんだが」

孫八は千次に母親がいるかどうか知らなかったが、もっともらしい顔をして訊いた。

「独りだよ」

「母親は亡くなったのかな。……それで、千次のやつ、いまは何して暮らしているんだい」

さらに、孫八が訊いた。

「何をしてるんだかね。長屋にいるときは、昼間っから酒を飲んでるようだし……。人に言えない悪いことしてるんじゃァないかって、みんなで噂してるんだよ」

痩せた女が小声で言った。

孫八は女たちの話を聞いて、菊次郎とやりあったのは千次にまちがいないと確信した。

「千次の家は、どこだい」

孫八は、念のために覗いてみようと思ったのだ。

「北側の棟の端《はじ》だよ」

大柄な女が教えてくれた。

孫八はふたりの女に礼を言って別れ、三棟ある長屋の北側の棟へ行ってみた。端の家の腰高障子はしまっていた。戸口に近付いてみると、ひっそりとして人のいる気配はなかった。女房たちが言ったとおり、留守のようである。

腰高障子を三寸ほどあけてみた。なかは薄暗く、人影はなかった。男の独り暮らしにしては、思ったより片付いていた。部屋の隅に枕屏風が立ててあり、その陰に夜具が畳まれていた。なかほどに火鉢が置かれ、別の隅には行灯が置いてある。流し場の棚には、鍋、食器類、貧乏徳利などが並べてあった。

……夜逃げしたんじゃァねえようだ。

粗壁には、棒縞の袷《あわせ》が吊るしてあった。古い物ではない。夜逃げなら、当座必要な衣類や食器類は運んでいくはずである。

……千次は、この長屋に帰《けえ》ってくる。

孫八は薄暗い家のなかを見すえてつぶやいた。双眸に、殺し人らしい挑むようなひかりが宿っている。

6

柳屋の二階の奥の間に、五人の男が集まっていた。元締めの団蔵、絵島東三郎、犬山泉十郎、菩薩の千次、深谷の定次郎である。燭台の火に浮かび上がった五人の膝先には、酒肴の膳があったが、あまり酒は進んでいないようだった。

「どうだ、顔の傷は？」

団蔵が、千次に訊いた。

「へい、血はとまりやしたし、どうってことはありやせん」

千次が首をすくめて言った。

千次は手ぬぐいで頰っかむりしていた。傷口には、折り畳んだ布があてがってある。その布には黒ずんだ血の色が浮いていた。

「やりあったのは、菊次郎という男か」

さらに、団蔵が訊いた。

「そうでさァ」

千次が、菊次郎とやり合ったときの様子をかいつまんで話した。

「素人じゃァねえようだ」

「やつは、まちがいなく殺し人ですぜ。やつが何を遣ったか、はっきりしねえんでさァ」

千次が言うと、やり取りを聞いていた絵島が、

「小柄《こづか》か剃刀を、手の内に忍ばせておいたのだろうな」

と、くぐもった声で言った。

「手で隠せる刃物だろうが、はっきりしねえ」

「だがな、そいつは、おまえの顔を狙ったのではないぞ。……首だ。首を掻き切って、命を奪うつもりだったのだ」

「あっしも、匕首でやつの首を狙いやした。……首と首か。やつも、あっしと似た手を遣うわけだ」

千次は、殺し人として菊次郎をこのままにしておけないと思った。菊次郎に対して強い敵意をいだいたのだ。

「小舟町の旦那」

千次が、団蔵を見つめて言った。双眸が異様なひかりを帯びている。

「なんだ」

「菊次郎は、あっしが始末しやすぜ」

千次が、強い口調で言った。

「できるか」

「やつを殺らねえと、あっしは、この先深川で殺し人として生きちゃァいけねえ」

「もっともだな。……千次、引き続き菊次郎はおめえにまかせた」

「へい」

千次が頭を下げた。

次に口をひらく者がなく、いっとき座は沈黙につつまれた。杯で酒を飲む音が、静寂《せいじゃく》のなかで聞こえている。

「小舟町の旦那、もうひとり地獄屋に姿を見せましたぜ」

定次郎が、低い声で言った。無表情だった。野犬を思わせるような目が、虚空にとまったままである。

「だれだ」

「若い侍でさァ」

「名は分かるか」

団蔵が、身を乗り出すようにして訊いた。他の三人の視線も、定次郎に集まっている。

「片桐右京」

定次郎が、地獄屋近くにある貯木場で働いている川並から聞き込んだことを言い添えた。ただ、川並が知っていたのは片桐の名だけで、素性も塒も分からないという。

「そいつだ、まちがいない。島蔵の許《もと》で殺しに手を染めている男だ」

団蔵が、一同に視線をまわしながら言った。

「腕はいいのか」

そう訊いたのは、犬山だった。口元に薄笑いが浮いている。酔いのせいもあってか、顔が紅潮し薄い唇も血を含んだように赤かった。

「若いが、遣い手だと聞いていますよ」

団蔵が言った。

犬山に対する物言いは丁寧だった。犬山は牢人だが、武士だったからである。

「そいつの始末料は?」

犬山が訊いた。

「そうですね。……百で、どうです」

百両ということである。

「いいだろう。おれに、やらせてくれ」

犬山が低い声で言った。細い目が、切っ先のようにひかっている。

絵島、千次、定次郎の三人は無言のままちいさくうなずいた。右京の殺しは、犬山にまかせたということである。

「では、犬山さまに頼みましょうか」

そう言うと、団蔵は懐から財布を取り出し、

「手元には三十両ほどしかありませんので、とりあえず二十両だけお渡ししておきましょう。半金の残りの三十両は後ほどお渡ししますよ」

と言って、小判をつまみだした。

始末料が百両なら、殺し人が仕事に取りかかるまえに前金として半分の五十両を渡す約定があったのだ。

「仕掛けるのは、しばらく経ってからだな」

犬山が、小判を手にしながら言った。

「承知しています。焦ることはない。ゆっくりやってくださって結構ですよ」

そう言うと、団蔵は膳の杯に手を伸ばし、手酌で酒をついだ。そして、目を細めて飲み干した後、

「朴念という坊主は、どうです」

と、絵島に顔をむけて訊いた。

「雲水の格好をして、いろいろ嗅ぎまわっているようだが、見当はずれだな」

絵島によると、朴念は深川の木場をまわって、船頭や川並から話を聞いているという。

「どうして、木場に目をつけたんでしょうな」

団蔵が絵島に訊いた。

「おれが斬った梅吉と浅五郎だが、ふたりは木場の材木問屋で働いていたことがあるそうだよ」

「仲間内から話を聞いて、下手人を手繰ろうと考えたわけですか」

団蔵が、口元に薄笑いを浮かべた。

「そんなところだな」

「朴念も殺るか」

絵島が訊いた。

「そうですねえ。……急ぐことはありませんが、いずれ、始末してもらうことになりましょうな」

「分かった。それで、始末料は?」

「菊次郎と同じ、五十ですな」

「五十か」

絵島がつぶやくような声で言った。

「絵島さま、朴念は定次郎に頼みたいんですがね」

団蔵が、定次郎に顔をむけた。

「やるよ」

ぼそり、と定次郎が言った。感情を押し殺しているのか、表情をまったく動かさない。

「ただ、今日は手持ちがありません。前金は、後にしてくださいよ」

「かまわねえ」

定次郎が低い声で言うと、絵島が、

「おれの相手は、おらんのか」

と、不満そうな顔をして訊いた。

「絵島さまには、大物が取ってあります」

「だれだ?」

「人斬り平兵衛。……二百両出しましょう。平兵衛を始末しないことには、お頭の敵《かたき》を討ったことになりませんからね」

団蔵が、低くつぶやくような声で言った。

「承知した」

絵島の双眸が、猛虎を思わせるように炯々《けいけい》とひかっている。

第三章　狼たち

1

孫八と菊次郎は、佐賀町の大川端を歩いていた。七ツ半（午後五時）をすこし過ぎているだろうか。陽は、大川の対岸にひろがる日本橋の家並の向こうに沈みかけていた。その夕陽のなかに、武家屋敷や町家などが折り重なるようにつづいている。

大川の川面は夕焼け空を映して、淡い鴇《とき》色に染まっていた。客を乗せた猪牙舟《ちょきぶね》、荷を積んだ艀《はしけ》などがゆっくりと行き来している。

大川端には、ぽつぽつと人影があった。家路を急ぐ仕事帰りのぼてふりや出職の職人たちである。

「菊次郎、左腕はどうだい」

歩きながら孫八が、訊いた。

「すっかりよくなったぜ」

菊次郎は左腕をまわしてみせた。

「それなら、大丈夫《でえじようぶ》だ」

「千次は、長屋にもどっているんだな」

菊次郎が念を押すように訊いた。

孫八が、千次の塒《ねぐら》をつきとめて五日経っていた。この間、孫八は佐賀町の伝蔵店へ出かけ、その都度、千次が長屋に帰ったか確かめていた。もっとも、長屋の者や伝蔵店近くにある下駄屋の奉公人などにそれとなく訊くだけだったので、それほどの負担ではなかった。

そして、今日、伝蔵店の井戸端にいた女房に訊くと、千次が昨夜帰ってきた、と教えてくれたのだ。

このことを島蔵と菊次郎に伝えると、菊次郎が「やつは、どうしてもおれの手で始末してえ」と言い出し、こうして佐賀町まで足を運んできたのである。

「もどってるよ」

孫八が答えた。

「千次に、この腕の借りを返さねえとな」

そう言って、菊次郎が左腕をさすった。

「菊次郎、おれも、手を貸そうか」

孫八は殺し人のひとりだったが、手引き人もしていたのだ。本来、手引き人は、殺し人が仕掛けやすいように手を貸すだけである。

「頼むか。今度は、きっちり始末をつけたいんでな」

千次の殺しに対し、島蔵から五十両の始末料が出ていた。孫八の手を借りるとなると、半分の二十五両は、孫八に渡すことになる。

千次の塒をつきとめたのも孫八だったし、菊次郎が孫八と始末料を折半にするのも当然かもしれない。

「あの下駄屋の脇だぜ」

孫八が歩きながら指差した。

下駄屋の戸口には若い奉公人がいて、表戸をしめていた。店仕舞いを始めたようである。そういえば、空が明るさを失い、西の空の夕焼けも黒ずんでいた。軒下や天水桶の陰などには、淡い夕闇が忍び寄ってきている。

「菊次郎、下駄屋の脇で待っていてくれ。おれが、長屋の様子を見てくる」

そう言い残し、孫八は小走りに路地へむかった。

菊次郎は、表戸をしめ終えた下駄屋の脇に身を隠すようにして、孫八がもどるのを待っていた。

　しばらくして、孫八がもどってきた。

「いるぜ」

　孫八が、菊次郎に身を寄せて言った。

「ひとりか」

「ああ、やろう、莨《たばこ》を吸ってたよ」

　孫八によると、座敷で莨を吸っている千次の姿が、腰高障子の破れ目から見えたという。

「戸口に近付いて、千次に気付かれなかったのか」

「なに、やつの家は端にあるんで、脇を通りながら覗いてみただけだ。気付かれやァしねえよ」

「長屋へ踏み込むか」

　菊次郎が言った。

「それは、まずい。長屋中が大騒ぎになるぜ」

「どうする？」

「この路地で待ったらどうだ。やつは、まだ、夕めしを食っちゃァいねえ。てめえで、めしを炊くような男じゃァねえからな。近くの飲み屋や一膳めし屋にでも出かけると思うがな」

そのとき、千次は路地を通って表通りへ出てくるはずだ、と孫八はみたのである。

「いいだろう」

ふたりは、下駄屋の脇の路地に踏み込んだ。

暗いじめじめした路地だった。人ふたり横に並んでやっと通れるほどの道幅しかない。その路地を十間（約一八メートル）ほど歩いたところに、仕舞屋の板塀があった。留守にしているのか、雨戸がしまったままである。

「菊次郎、この塀の陰に身を隠してくれ」

孫八が言った。

「おめえは？」

「おれは、路地木戸の近くに身を隠す。千次が出て来たら、おれが合図するから、ふたりで挟み撃ちにしようじゃァねえか」

「そりゃァいい」

菊次郎は、この道幅では一対一で戦うしかないと踏んでいたのだ。孫八が、後ろにまわってくれれば、前後から攻撃できる。

菊次郎は、すぐに板塀の陰に身を隠した。

辺りは暗かったが、まだ空には明るさが残っていた。路地を通る人の識別はできる。孫八は、半町ほど先の路地木戸の脇に身を伏せたようだった。

菊次郎がその場に身を隠していっときすると、路地木戸から人影が出てきた。

……千次か！

と思って、菊次郎は緊張したが、そうではなかった。

歩き方が、よたよたしていた。それに、腰がすこしまがっている。遠方で、顔は見えなかったが、年寄りらしい。長屋の住人であろう。

年寄りは、何かぶつぶつ言いながら、ひそんでいる菊次郎の前を通り過ぎていった。その老人が表通りに出て、姿が見えなくなってすぐだった。

また、路地木戸から人影が出てきた。若い男らしい。歩き方が敏捷《びんしょう》そうだった。千次ではあるまいか。菊次郎は、近付いてくる男を見すえた。男は中背で痩身である。

と、路地木戸の脇に身を隠していた孫八が立ち上がって、手を振った。千次だ、という合図である。

2

菊次郎は、すばやく襟から剃刀を取り出し、右手の指先に挟むようにして持った。

千次はすこし前屈みの格好で、跳ねるような足取りで近付いてくる。

千次の顔が、闇のなかにぼんやりと見えてきた。頬っかむりしている。頬のあたりに布があてがってあった。まだ、傷口は完全に癒《い》えていないようだ。

孫八も動いた。路地木戸の脇から出ると、足音を忍ばせて千次の後を追ってくる。まだ、千次は孫八に気付いていないようだ。

菊次郎は板塀の陰から路地へ出ると、剃刀を手にして身構えた。

ギョッ、としたように、千次が立ちどまった。

動かない。闇を透かして、菊次郎を見すえている。前方に立った男の正体を見極めようとしているようだ。菊次郎と千次との間合は、十数間あった。濃い夕闇につつまれた狭い路地である。

「菊次郎か！」

千次が声を上げた。菊次郎だと、分かったようである。

菊次郎は無言だった。身構えたまま一歩、二歩と千次に近付いていく。

そのとき、千次が振り返った。背後に、ヒタヒタと近付いてくる孫八の気配を察知したのであろう。

「ちくしょう！　ふたりか」

千次が、懐から匕首を抜いた。この場は戦うしかないとみたようだ。

千次は匕首を顎の下あたりに構え、すこし腰をかがめた。闇のなかで、千次の手にした匕首が、獣の牙のようににぶくひかっている。その敏捷そうな姿態とあいまって、まさに牙を剝いた狼である。

その千次の背後に、孫八の姿が見えた。手に匕首を持っているらしく、闇のなかに銀色《しろがねいろ》に浮かび上がったように見えていた。

千次は後ろを振り返らなかった。狙いを、菊次郎にさだめたようである。

「行くぜ！」

千次が、疾走した。

迅《はや》い！

まさに、獲物に迫る狼である。

つづいて、菊次郎も疾走した。

闇が揺れ、ふたりの足音が路地にひびいた。疾走するふたりの姿が、闇のなかで急迫していく。

……やつの匕首は、かわせねえ！

路地が狭すぎた。横に跳んで、匕首をかわすのは無理である。

千次が眼前に迫っている。菊次郎の目に、千次の手にする匕首だけが闇のなかに浮き上がっているように映った。

頰っかむりした手ぬぐいの間から、千次の血走った目が見えた。全身から鋭い殺気を放っている。

擦れ違いざま、千次の顔の下から閃光がはしった。手にした匕首を払ったのである。

間髪をいれず、菊次郎は左腕を頭の上へ突き上げて袂《たもと》で顔を覆い、右手を大きく振った。神速の手の動きだった。掏摸として鍛えたものである。

ふたりは走ったまま擦れ違い、十間ほどの間合をとって足をとめた。

ハラリ、と菊次郎の左袖が裂けて垂れ下がった。千次のふるった匕首に切られたのだ。だが、匕首の切っ先は首筋まではとどかなかった。咄嗟に、菊次郎は自分の袖を盾に使って、千次の匕首を逃れたのだ。

ようである。
「か、剃刀か！」
千次が、喉のつまったような声を上げた。千次は、菊次郎が遣った武器が分かった
ようである。
千次の首筋から、血が噴いていた。闇のなかに、黒い火花のように飛び散ってい
る。菊次郎の剃刀が、首の血管《ちくだ》を切り裂いたのだ。
千次は左手で血の噴出する首筋を押さえ、菊次郎の方へ体をむけた。まだ、戦う気
があるのか、右手で匕首を構えている。
血が指の間から噴き出し、シュルシュルと音を立てた。見る間に、千次の胸や頬っ
かむりした手ぬぐいが朱に染まっていく。
血まみれの千次の顔のなかで、目だけが白く浮き上がったように見えていた。千次
は匕首を前に突き出すようにして、一歩、二歩と前に出てきた。
だが、一間ほど前に歩いたところで足がとまった。頬っかむりした千次の顔が苦悶
にゆがみ、体が大きく揺れた。そして、低い呻《うめ》き声を上げながら、腰からくだけるよ
うに転倒した。
千次は地面につっ伏したが、なおも起き上がろうとして両腕を地面に突き、顎を突
き上げるようにして頭を擡《もた》げた。

だが、それもいっときで、がっくりと首が落ち、伏臥したまま動かなくなった。かすかに、四肢が痙攣《けいれん》しているだけである。

闇のなかから、首筋から血の流れ落ちる音が妙に生々しく聞こえてきた。

「おれが、助太刀することもなかったな」

孫八が、菊次郎のそばに走り寄って声をかけた。

「いや、おめえがいなかったら、どうなったか分からねえ」

孫八が背後にいなかったら、千次はこの場から逃げたのではないか、と菊次郎は思った。千次は、菊次郎が剃刀を遣うことに気付いてなかった。殺し人は、相手の遣う武器も分からずに仕掛けるようなことはしないのである。

「こいつ、どうする」

孫八が、千次の死体に目をやりながら訊いた。

「通りの邪魔だな」

「おめえが隠れていた板塀の陰へ、引き摺《ず》り込んでおくか」

「それがいい」

菊次郎と孫八は、千次の足と手を持って仕舞屋の板塀の陰へ運んだ。明るくなれば、気付かれようが、今夜通りかかった者を驚かして騒がれるよりはいいだろう。

「引き上げよう」

いつの間にか、路地は深い夜陰につつまれていた。ふたりは、手探りで表通りへ出ると、足早に極楽屋へむかった。島蔵に首尾を伝えるとともに、一杯やって血の昂りを鎮めようと思ったのである。

3

「犬山の旦那、片桐が姿をあらわしやしたぜ」

平造《へいぞう》が低い声で言った。

平造は、団蔵の配下の手引き人だった。これまで、動いていなかったが、殺し人である絵島や犬山たち四人の狙う相手が決まったことから、団蔵がそれぞれに手引き人をつけたのである。

平造は三十がらみ、小柄で痩身。黒の丼の上に同色の半纏を羽織り、細身の紺の股引姿で、いかにも敏捷そうだった。船頭か川並といった格好である。

平造はここ三日、仙台堀沿いの物陰に身を隠し、右京が極楽屋に姿をあらわすのを待っていた。そして、今日の午後、右京が極楽屋に入ったのを見届け、犬山の許に駆け込んだのである。

平造が犬山と話していたのは、佐賀町の永代橋《えいたいばし》近くの借家だった。三月ほど前、犬山が借りて住むようになった家である。

「極楽屋に入ったのだな」

犬山が念を押すように訊いた。

「まず、一刻（二時間）は出てこねえでしょう」

平造が言った。

「室蔵《むろぞう》と吉助《きちすけ》は、連れてこられるか」

「へい、金は渡してありやすから」

室蔵と吉助は、遊び人だった。平造が深川黒江町《くろえちょう》の飲み屋で知り合い、手を貸すことになっていたのである。

深川黒江町は、富ケ岡八幡宮の門前通りにつづき、茶屋、料理茶屋、飲み屋など多かった。平造の塒も、黒江町にあったのである。

「今日のところは、片桐に抜かせるだけでいいぞ。やつの腕を見るのが、狙いだからな」

犬山が低い声で言った。総髪が風でなびき、細い目がうすくひかっている。

他の殺し人もそうだが、犬山は簡単には仕掛けなかった。まず、相手の腕を見て、これなら斬れると踏んでから、場と機会をとらえて仕掛けるのである。そうでないと、殺しの世界では生きていけないのだ。

「分かっていやす」

「おれは、亀久橋のたもとにいる」

「それじゃァ、ふたりを連れて行きやすんで」

平造は腰を下ろしていた上がり框から立ち上がり、引き戸をあけて出ていった。

犬山は座敷にもどって、大刀を一本落とし差しにすると、

……おれも行くか。

とつぶやいて、戸口から外へ出た。

七ツ（午後四時）ごろであろうか。空が厚い雲でおおわれているせいか、辺りは夕暮れ時のように薄暗かった。犬山は懐手をして、飄然と歩いていく。

そのころ、右京は極楽屋の飯台に腰をかけて島蔵と話していた。孫八から、菊次郎が千次を始末したと聞いて、その後の様子を訊きに来たのだ。それに、右京には他の目的もあった。

孫八によると、千次は殺し人らしいということだった。となると、梅吉と浅五郎を斬った武士も殺し人とみていいのではないか。

武士が千次の仲間の殺し人なら、このまま引き下がるようなことはないだろう。さらに、右京たち殺し人にも手を伸ばしてくるかもしれない。

そう読んだ右京は、

……殺しを受けてもいい。

と、肚《はら》をかためたのだ。狙われるなら、こちらから仕掛けた方がいい。それに、ちかごろ殺しの仕事から遠ざかっていたため、懐が寂しくなっていたのだ。

「千次は、殺し人だったのだな」

右京が念を押すように訊いた。

「まちがいない。千次は素人じゃァねえと、孫八も言っていたからな」

島蔵が答えた。

すこし乱暴な物言いになっている。右京が年下だからであろう。右京も島蔵の言葉遣いなどまったく気にしなかった。

「となると、殺し人が梅吉と浅五郎を狙ったことになるな」

右京は、なぜ殺し人が梅吉たちの命を狙ったか分からなかった。梅吉たちの殺しを頼んだ者がいるとは思えなかった。

「おれは、極楽屋に出入りする殺し人をおびき出すために、梅吉たちを殺ったんじゃァねえかとみてるんだ」

島蔵が、大きな目をひからせて言った。

「どういうことだ？」

「極楽屋の者を殺せば、殺し人が動きだすとみたのかもしれねえ」

「極楽屋を見張っていて、殺し人をつきとめようとしたのか」

「そうだ。おれまで、跡を尾けられたからな。……片桐の旦那も、尾けられてるかもしれねえぜ」

「うむ……」

まずい、と右京は思った。自分が襲われるのはともかく、まゆみにまで敵の殺し人の手が及ぶかもしれないのだ。

「油断しねえことだ」

島蔵が虚空を睨むように見すえて言った。

「だが、何のために極楽屋に出入りする殺し人を始末しようとするのだ」

狙う相手がひとりなら、これまでに殺し人の手にかかった者の肉親や縁者が殺し人に恨みをいだき、殺しを依頼したとも考えられるが、極楽屋に出入りする殺し人を無差別に狙うとなると、恨みからではないだろう。

「考えられることは、ひとつ」

島蔵が右京に目をむけて言った。

「おれたちの縄張を奪うためだ」

「殺し人の縄張か」

「そうだ。……てめえで言うのもなんだが、深川、本所、浅草辺りの殺しの仕事は、肝煎屋をとおして、おれが受けることになっているからな」

「うむ……」

右京も、島蔵が深川界隈を仕切っていることは知っていた。ただ、仕切ると言っても、殺しの仕事は滅多になく、島蔵が表に出ることはほとんどないのだ。

「他の殺し人の元締めが、深川界隈の仕事も受けたいと考えれば、まず、極楽屋をつぶしにかかるだろうな。そのためには、極楽屋に出入りしている殺し人を始末しなけりゃァなるめえ」

「思いあたる元締めがいるのか」

右京が訊いた。

「深川や浅草界隈にはいねえ。いるとすれば、日本橋から南だな」

日本橋の南まで、島蔵も手をひろげていなかった。右京たちも、日本橋より南に住む者から殺しの依頼を受けたことはない。

「品川弥左衛門《しながわやざえもん》！」

思わず、右京が声を上げた。

三年ほど前、品川弥左衛門という男が島蔵の縄張を奪うべく、腕の立つ殺し人とともに地獄屋に挑んできたことがあった。（『狼の掟』小社刊）

弥左衛門は、日本橋から品川辺りまで縄張にし、殺しの仕事だけでなく、賭場をいくつもひらいている大親分であった。

その弥左衛門が配下の殺し人たちに指示して、まず狙ったのが、極楽屋に出入りしている殺し人と手引き人たちの命だった。

「だが、弥左衛門は始末したはずだ」

島蔵の言うとおりだった。弥左衛門と配下の殺し人たちは、右京や平兵衛たちがすべて討ち取ったのである。

「では、だれが」

「分からねえ。吉左衛門も、見当がつかねえと言っている」

島蔵の顔に、めずらしく戸惑うような表情が浮いていた。

「いずれにしろ、油断はできんな」

「うむ……」

島蔵は憮然《ぶぜん》とした顔で腕を組んでいる。島蔵の縄張を奪おうとしている殺し人の元締めが、思い浮かばないようだ。

「元締め、敵の殺し人が、おれたちの命を狙っているなら、襲われるのを待っていることはあるまい」

右京が声をあらためて言った。

「そうだとも」

「どうだ、おれに、梅吉と浅五郎を斬った武士を始末させてくれんか」

相手の正体ははっきりしないが、殺し人とみてまちがいない。

「やってくれるか」

「そのつもりで、来たのだ」

「百で、どうだ」

「いいだろう」

百両なら悪くない。

「ただ、前金の五十はすぐに払えねえ。手元の金を掻き集めても、二、三十しかねえからな」

島蔵は、吉左衛門に話して、すこしまわしてもらうつもりだ、と言い添えた。

「手付け金として、十両もあればいい」

右京は、まゆみに数両だけでも渡しておきたかったのだ。ここ三月ほど、まゆみに金を渡してなかったのである。

「分かった。すぐ、用意するぜ」

島蔵は腰を上げた。

4

右京が極楽屋を出たのは、暮れ六ツ（午後六時）前だった。どんより曇っていて、仙台堀沿いの道は、薄闇につつまれていた。風があり、土手際に群生した枯れ芒や葦などが、サワサワと揺れていた。通りに人影はなく、聞こえてくるのは風音と掘割の水面に立ったさざ波が汀《みぎわ》に寄せる音ばかりである。

右京は要橋のたもとまで来ると、橋の先や堀沿いの道に目をくばった。尾行者や右京の命を狙う者はいないか、警戒したのである。だが、それらしい人影はなかった。川道沿いの笹藪や樹陰などにも、人のひそんでいるような気配はなかった。遠方に、川並か木挽らしい男が、歩いているだけである。近くの木場で働いた帰りであろう。

右京は足早に仙台堀沿いの道を歩いた。暗くなる前に、まゆみの待つ長屋へ帰りたかったが、用心して遠回りして帰ろうと考えていた。右京は平兵衛の臆病とも思えるほどの周到さの意味が分かりかけていた。平兵衛の殺し人としての強さの秘密が、まゆみを守るためにあったことを実感し始めていたのだ。

亀久橋のたもとまで来たとき、前方から歩いてくる三人の男の姿が目に入った。遠方ではっきりしないが、いずれも町人のようだった。三人とも手ぬぐいで頰っかむりしている。

三人との距離が狭まるにつれ、しだいに身装《みなり》がはっきりしてきた。ひとりは、小柄で黒の半纏に細身の股引姿だった。川並であろうか。他のふたりは、縞柄の着物を裾高に尻っ端折りし、両肩を振るようにして歩いてくる。遊び人か地まわりか。いずれにしろ、真っ当な男ではないようだ。

ただ、右京は気にしなかった。真っ当な男たちではないようだが、殺し人や手引き人には見えなかったのである。

三人は、平造と金で仲間にくわわった室蔵と吉助だった。むろん、右京は平造たちのことを知らない。

右京と三人との距離が、しだいに狭まってきた。三人は何かおしゃべりをしながら歩いてきたが、右京が間近に迫ると、口をつぐんで右京を睨むように見すえた。殺気だった雰囲気がある。

右京は表情も変えず、道のなかほどを歩いていく。

三人の男も横になって道のなかほどを歩いてきたが、右京が目の前に迫ると、慌てて左手に身を寄せた。右京に突き当たるのを避けようとしたらしい。

ところが、擦れ違ったとき、三人のなかで右京寄りにいた大柄な男の肩が右京の肩先に当たった。室蔵である。

……この男、わざと当たった。

瞬間、右京はそう感じ取った。

「何をしやがる！」

突如、室蔵が吼《ほ》えるような声を上げた。

だが、右京は足もとめず、そのまま歩いた。相手にならず、無視しようと思ったのである。

「肩で当たっておいて、挨拶抜きか！」

室蔵が叫び、つづいて吉助が、

「さんぴんなんぞ、怖かァねえ。やっちまえ！」

と、怒鳴った。

三人はばらばらと駆け寄り、右京のまわりを取りかこんだ。いつ取り出したのか、三人は匕首を手にしていた。いずれも、血走った目をし、匕首を前に突き出すように構えている。

「やい、てめえの命は、もらったぞ！」

大柄な室蔵が叫んだ。

威勢はいいが、三人の間合は遠かった。飛び込んでも、匕首がとどかない距離である。それに、室蔵と吉助の腰が引けていた。

「どういうつもりか知らんが、怪我をしたらつまらんぞ」

言いざま、右京は抜いた。

青眼に構えながら、切っ先を正面にいる平造にむけた。平造だけは腰が据わり、怖がっている様子がなかった。

……まともなのは、この男だけだ。

右京は、匕首で突いてくるとすれば、平造だけだろうと読んだのである。

「やっちまえ！」

平造が叫んだ。

すると、室蔵と吉助が一歩前に出たが、さらに腰は引け、突き出した匕首はワナワナと震えている。

「行くぞ！」

右京が、一歩前に踏み込んだ。

ワッ、と声を上げ、室蔵と吉助が後ろへ飛びすさった。

「ちくしょう！」

叫びざま、平造が手にした匕首を右京に投げつけた。

刹那、右京の刀身が一閃した。

キーン、という甲高い金属音がひびき、匕首が虚空に撥ね飛んだ。右京が刀身ではじいたのである。

「逃げろ！」

平造が反転して駆けだした。

慌てて、室蔵と吉助が後を追う。三人の姿が、濃い夕闇につつまれた仙台堀沿いの通りを遠ざかっていく。

……たあいもない。

そうつぶやいて、右京はゆっくりと納刀した。

右京は何事もなかったように歩きだしたが、何となく腑に落ちなかった。

三人は通りすがりに因縁をつけて、金でも脅し取ろうとしたのだろうか。それにしては、ふたりの男がはじめから及び腰だった。それに、右京のような二本差しに、町人が因縁をつけるのも妙である。

……何かあるな。

右京の胸に疑念と不安が生じた。自分の身辺に、魔手が迫ってくるような不気味さがある。

右京がその場を去って、しばらくしたとき、亀久橋から一町ほど離れた仙台堀沿いの道にふたりの男が立っていた。平造と犬山だった。

「旦那、どうです？」

平造が小声で訊いた。

「いい腕だ」

犬山の双眸が、異様なひかりを帯びていた。気が高揚しているのか、かすかに唇が赤みを帯びている。

犬山は物陰から、平造たち三人と右京のやり取りを見ていたのだ。右京に刀を抜かせ、腕のほどを見極めるためである。

「やれますかい」

「まともにやりあったら、互角かもしれん」

犬山の声には昂ったひびきがあった。遣い手の太刀捌《さば》きを目の当たりにして、剣客としての血が滾《たぎ》っているようだ。

「あっしが助太刀しやしょうか。まともにやったんじゃァ、あっしなど何の力にもならねえが、いろいろ手はありやすぜ」

平造が、槍のような長柄の武器で後ろから牽制《けんせい》してもいいし、礫《つぶて》を投げてもいいことを口にした。

「いや、やつはおれの手で斬る」

犬山が、細い目で闇を射るように見すえて言った。

平兵衛は、刀身を表の腰高障子のひかりにかざして見た。下地研ぎを終えて仕上げ研ぎに、かかっていたのである。刀身の地肌は澄み、刃文の丁子乱れも、くっきりと浮かび上がっていた。

……無銘だが、なかなかの刀ではないか。

鈍刀ではなかった。名のある刀工が鍛えた刀だが、茎《なかご》に刻まれた銘を何かの理由で削り取ったのかもしれない。

平兵衛が、刀身をひかりにかざして見入っているとき、戸口に近付く足音がした。聞き覚えのある足音だった。右京である。

すぐに腰高障子があいて、右京が顔を見せた。

平兵衛は刀身を研ぎ桶の脇に置いて、腰を上げた。

「義父上《ちちうえ》、お久し振りでございます」

右京が土間から声をかけた。

「ひとりか?」

土間には右京の姿しかなかった。

「はい、まゆみは留守番です」

右京は、用心のためもあって、まゆみは連れてこなかったようだ。

「茶でも淹れよう」

火鉢に載せた鉄瓶に湯が沸いているはずである。

「義父上に茶を淹れてもらったのでは、後でまゆみにしかられますよ」

右京が笑いながら言った。

「まァ、そう言うな。わしも、一休みしようと思っていたところだ」

平兵衛は、流し場の棚にあった急須と湯飲みを手にし、鉄瓶の湯で茶を淹れた。慣れた手付きである。まゆみが嫁にいってから、家事の多くは平兵衛がやるようになったのだ。

平兵衛が茶をついだ湯飲みを右京の膝先に置きながら、

「それで、何か用かな」

と、訊いた。右京がひとりで長屋に姿を見せたときから、まゆみには聞かせたくない用事があって、訪ねてきたことは分かっていたのだ。

「用事というわけではありませんが、義父上の耳に入れておきたいことがありましてね」

右京が声をひそめて言った。

「何かな」

「菊次郎が、千次を仕留めたことは?」

右京が膝先の湯飲みを手にした。

「聞いている」

三日前、孫八が長屋に姿を見せ、千次を斃《たお》した顛末《てんまつ》を話していったのだ。

「実は、わたしが梅吉と浅五郎を斬った武士の殺しを引き受けましてね。まず、そのことを義父上に報告しておこうと思い、足を運んできたのです」

右京の顔から笑みが消えていた。白皙に憂いをふくんだ翳《かげ》が浮き、双眸が切っ先のようなひかりを宿していた。右京が殺し人に変わったときの面貌《おもて》である。

「そうか」

平兵衛はそれ以上口にしなかった。義理の親子であったが、殺し人のときは親子の情を捨てねばならない。

「元締めから、いろいろ話を聞きましてね。元締めは、此度《こたび》の件は極楽屋の縄張を狙っているやつらの仕業ではないかとみているようですよ」

右京は、島蔵とのやり取りを子細に話した。この話を平兵衛に伝えたいこともあって、右京はここに来ていたのだ。

「そういうことか」

平兵衛の顔がけわしくなった。他人事《ひとごと》ではないと、思ったようだ。

右京は茶をすすり、湯飲みを膝の脇に置くと、

「それに、妙なことがありましてね」

と、声をあらためて言った。

「妙なこととは？」

「三人の町人に襲われたのです」

右京は、仙台堀沿いの道で平造たち三人に襲われたときの様子をかいつまんで話した。

「その三人に、見覚えはないのか」

平兵衛が訊いた。

「まったく……。初めて見る者たちばかりでした」

平兵衛は湯飲みを手にしたまま黙考していたが、

「右京の腕をみたのかもしれんぞ」

と、低い声で言った。

「三人が、ですか？」

「いや、ちがう。殺し人が近くにいたのだろう。右京に刀を抜かせて、腕のほどを確かめたのではないかな。……わしも、同じ手を遣うことがある」

平兵衛も殺しに取りかかる前、相手の腕を確かめるために、金で買える牢人や遊び人などを遣い、相手に刀を抜かせて腕のほどをみることがあったのだ。

「すると、近くに、梅吉たちを斬った武士がいたのか」

右京が驚いたような顔をした。

「いや、梅吉たちを斬った武士かどうかは分からんぞ」

「……」

右京は平兵衛に顔をむけた。

「別の者が、右京の殺しを受けたのかもしれん。だれが、元締めの縄張を狙っているか知らんが、配下の殺し人が梅吉たちを斬った武士だけとはかぎらんからな。……他にも、殺し人がいるとみた方がいいだろう」

平兵衛がつぶやくような声で言った。平兵衛の顔も豹変《ひょうへん》していた。いつもの好々爺《こうこうや》のような穏やかな顔ではない。表情がひき締まり、双眸が底びかりしている。殺し人らしい凄みのある顔である。

「厄介な相手だ」

右京は、梅吉たちを斬った武士を仕留めるだけでは、始末はつかないような気がした。

「右京、油断するなよ。だれが、どこから仕掛けてくるか分からんぞ」

平兵衛が重いひびきのある声で言った。

「義父上も、油断なきよう」

右京が言った。

敵が、島蔵の縄張を手にするために、極楽屋に出入りする殺し人を抹殺《まっさつ》しようとしているなら、当然、平兵衛の命も狙うはずである。

「油断はせぬ」

どちらかといえば、殺し人のなかでも平兵衛は慎重で、日頃から身辺には気を使っていた。だからこそ、この歳になっても殺し人として生きていられるのである。

それから、小半刻（三十分）ほど、右京は平兵衛とこれまでの経緯を話してから腰を上げた。

「ところで、右京、まゆみはまだかかな」

戸口で、平兵衛が右京に身を寄せてささやいた。

「何のことです？」

「赤子だよ」

そう言った平兵衛の顔が、赤く染まっていた。口元に、照れたような微笑が浮いている。娘を思う父親の顔である。

「ま、まだのようです」

右京が声をつまらせて言った。右京の白皙《はくせき》も朱に染まっている。

6

「尻尾《しっぽ》が、つかめねえ」

朴念が渋い顔をして言った。

このところ、朴念は雲水の格好をして深川一帯の木場をまわって聞き込んでいたが、梅吉と浅五郎を殺した武士はむろんのこと、他の殺し人のこともつかめなかったのだ。

「まァ、飲め」

島蔵が銚子を手にして、朴念の猪口に酒をついでやった。

極楽屋の奥の座敷である。そこに車座になって、島蔵、朴念、孫八、菊次郎の四人で、酒を飲んでいたのだ。

「元締め、片桐の旦那が襲われたそうだが、話を聞いてやすかい」

孫八が訊いた。

「聞いてるよ。三人だそうだ。遊び人ふうの男たちでな、片桐の旦那が刀を抜くと、手にした匕首を投げつけて逃げ出したそうだよ」

その後、島蔵は前金の残金を渡すために右京と会い、襲われたときの子細を聞いていたのだ。

「そいつら、殺し人じゃァねえんですかい」

「ちがうな。片桐の旦那は、殺し人に金で買われた犬だろうと言ってたぜ。片桐の旦那の腕をみるために、刀を抜かせたんじゃァねえかとな」

そう言うと、島蔵は猪口の酒を、グビリと飲んだ。大きな顔が、赭黒く染まっている。

「そうかもしれねえ」

朴念が言った。

「その三人、だれだか分かりやすかい」

孫八が島蔵に目をむけて訊いた。

「いや、分からねえ。その三人から殺し人を手繰るつもりかい」

島蔵の大きな目がひかった。

「へい」

「そういうことなら、三人をつきとめる手があるぜ。金で買われるようなやつらだ。遊び人か、地まわりか。いずれにしろ、真っ当な男たちじゃァねえ。それに、身装《なり》と体付きは分かっているからな」

島蔵は、右京から聞いていた三人の身装を話した。ひとりは川並らしい格好で、他のふたりは遊び人ふうだったという。

「遊び人ふうのふたりを手繰るのが、早《はえ》えだろう。……吉左衛門の店の板場に、伊勢《いせ》蔵《ぞう》という男がいる」

「伊勢蔵ですかい」

「そうだ。伊勢蔵は、若いころ深川で顔を利かせていた博奕打ちだ。伊勢蔵に訊けば、三人のことが分かるかもしれねえぜ」

島蔵が言うと、朴念が、

「おれも、行くぜ」

と、身を乗りだして言った。

「まだ、おれは何もしてねえからな。肩身が狭え」

そう言うと、朴念は太い手を伸ばして、皿の上の焼いた鰯《いわし》を手でつかみ、頭からムシャムシャとかじりだした。朴念仁というより、野獣のような男である。

翌朝、朴念と孫八は極楽屋から柳橋へむかった。昨夜は島蔵たちと飲み過ぎて、そのまま極楽屋で寝てしまったのだ。

晴天だった。春を思わせるやわらかな微風のなかに、木の香りや潮の匂いがまじっている。

「もうすぐ、春だな」

歩きながら、朴念が両腕を突き上げて伸びをした。

朴念は坊主頭で、黒羽織に縞柄の小袖を着流していた。町医者のような格好である。一吉に行くのに雲水のような身装では人目を引くので、島蔵が気を使い、町医者のような衣装を出してくれたのだ。極楽屋には、手引き人や殺し人が変装するために、そうした衣装が用意してあったのである。

「桜が咲くころまでには、きっちり始末をつけてえ」

孫八が言った。

「まったくだ。桜の下で、うまい酒を飲みてえからな」

そんなやり取りをしながら、ふたりは大川端へ出て、川上へむかった。

途中、孫八は何度も後ろを振り返って見たが、跡を尾けている者はいないようだった。

両国橋を渡って、柳橋の一吉に着いたのは、四ツ（午前十時）ごろである。まだ、暖簾《のれん》は出ていなかったが、表の格子戸はあいた。応対に出た女中に朴念の名を出して、吉左衛門に伝えてもらった。吉左衛門は朴念を知っていたのである。

姿を見せた吉左衛門は、孫八から話を聞くと、すぐに伊勢蔵を呼んでくれた。

伊勢蔵はかなりの歳だった。鬢《びん》や髷《まげ》に白髪が目立ったが、老いた感じはしなかった。眼光がするどく、剽悍そうな顔をしている。

「戸口では、話しづらいでしょう。まだ、客は来ないから座敷を使っていいですよ」

そう言って、吉左衛門は孫八と朴念を奥の座敷に案内してくれた。

座敷に腰を落ち着けると、吉左衛門に言われたらしく、女中が茶を運んできた。その茶で、喉を潤《うるお》した後、

「伊勢蔵さんに、訊きたいことがありやしてね」

孫八が切りだした。

「なんです」

伊勢蔵が低い声で言った。吉左衛門から話を聞いているのか、孫八や朴念が何者なのか訊かなかった。

「あっしの仲間が、仙台堀沿いで遊び人ふうのやつらに襲われやしてね」

孫八は、右京が襲われたときの様子をかいつまんで話した。島蔵からの又聞きだったので、くわしい話はできなかった。

「その三人の塒を知りてえんでさァ」

「それだけじゃァ雲をつかむような話だ」

伊勢蔵が、首をひねった。

「三人のうちのふたりは遊び人ふうで、金さえ出せば、何でもするやつらだ」

孫八は、ふたりの体軀を言い添えた。

「深川を縄張にしているやつらですかい」

「そのようだ」

伊勢蔵はいっとき黙考していたが、

「あっしには、分からねえが、金蔵《きんぞう》なら知ってるかもしれやせんぜ」

と、小声で言った。

「金蔵という男は？」

「深川の清住町《きよずみちょう》で、飲み屋をやっていやす」

伊勢蔵によると、金蔵は二年ほど前まで黒江町で幅を利かせていた地まわりだという。ところが、酒を飲んで右腕を匕首でえぐられ、それを機に足を洗い、おかねという情婦《いろ》とふたりで清住町で飲み屋を始めたそうである。

「あっしも、いっしょに行きやしょうか。久し振りで、金蔵とも話してみてえ」

伊勢蔵が言った。

「そいつは、ありがてえ」

伊勢蔵がいっしょなら、話も聞きやすかった。

吉左衛門に話すと、伊勢蔵が同行することを承知してくれた。吉左衛門にしても、地獄屋が狙われることは他人事ではなかったのだ。

金蔵のやっている飲み屋は、縄暖簾を出した小体な店だった。まだ、客はいなかった。三十がらみと思われるでっぷり太った女が、愛想よく迎え、すぐに板場にいた金蔵を呼んでくれた。後で聞いたのだが、その女が金蔵の情婦のおかねだった。

金蔵は五十がらみだろうか。毛虫眉で、いかつい顔の男だった。まだ、身辺に地まわりらしい雰囲気が残っている。

伊勢蔵が金蔵に孫八たちを連れてきたわけを話し、

「ともかく、酒を頼む」

と言って、飯台に腰を下ろした。

金蔵とおかねのふたりで酒と肴を運んできて、男たちが喉を湿したところで、孫八が三人の身装や体軀を話した。

「深川で遊び歩いてる連中らしいんだがな」

伊勢蔵が言い添えた。

「三人でつるんでるのかい」

金蔵が首をひねりながら訊いた。該当するような男たちが、思い浮かばないらしい。

「いや、遊び人ふうの男はふたりだ」

ひとりは、船頭か川並のような格好をしていたようである。

「室蔵と吉助かもしれねえなァ」

金蔵が首をひねりながら言った。

「どんなやつらだい？」

「なに、つまらねえやつらよ」

金蔵によると、室蔵と吉助は、深川の黒江町や山本町など富ケ岡八幡宮の門前通りにつづく町筋を縄張にしている地まわりだという。女郎屋や賭場に出入りし、商家に因縁をつけて金を脅し取ったり、娘を誑《たぶら》かして女郎屋に売ったり、金になることなら何でもする悪党だそうである。

「そいつらだな」

話を聞いていた朴念が、吼《ほ》えるような声で言った。

伊勢蔵と金蔵が、びっくりしたような顔をして朴念に目をやった。これまで、黙って聞いていた朴念が、突然大声を出したからである。

7

「朴念、あの店だぜ」

孫八が指差した。

深川、黒江町。富ケ岡八幡宮の一《いち》ノ鳥居《とりい》の近くだった。孫八が指差したのは、門前通りにある小間物屋だった。

孫八と朴念は、金蔵から、室蔵の塒は一ノ鳥居の近くにある小間物屋の脇の路地を一町ほど入ったところにある長屋だ、と聞いて足を運んで来たのである。伊勢蔵とは金蔵の店で別れていた。

「おい、脇に路地があるぜ」

朴念が言った。

金蔵から聞いていたとおり、小間物屋の脇に細い路地があった。

孫八が、小間物屋に立ち寄って訊くと、路地の一町ほど先に尚兵衛店《しようべえだな》という棟割り長屋があるという。ついでに、室蔵のことも訊いてみたが、応対した奉公人は、知らない、と言って首をひねった。

孫八と朴念は、尚兵衛店に行ってみた。ちょうど、路地木戸から出てきた腰のまがった老爺に訊くと、

「室蔵は、うちの長屋にいるよ」

と、顔をしかめて言った。

それとなく、室蔵のことを訊くと、長屋では鼻摘《つま》み者だという。どうにもならないならず者で、長屋の住人との揉《も》め事が絶えず、弱い者を脅《おど》しつけて金を巻き上げることもあるそうである。

「おれたちが、すこし意見しとこう」

朴念が苦々しい顔をして言った。老爺の話を聞いて、室蔵に怒りを覚えたらしい。

老爺に室蔵の家を訊いてから、孫八たちは長屋に踏み込んだ。

「おれが、覗いてくる」

孫八はそう言うと、朴念を長屋の井戸端に残し、老爺から聞いていた棟の前へ足を運んだ。

いっときすると、孫八がもどってきた。

「いるぜ」

孫八が小声で言った。

「ひとりか」

「ひとりだ。座敷で、一杯やってたぜ」

孫八が腰高障子の破れ目から覗くと、土間の先の座敷で、室蔵らしき男が貧乏徳利を前にして胡座《あぐら》をかいていたという。

「よし、室蔵は、おれが押さえよう。孫八は、後ろからついてきてくれ」

そう言うと、朴念は孫八に身を寄せて何やら耳打ちした。

「分かったぜ」

孫八が、ニヤリと笑った。

「ごめんなさいよ」

朴念は戸口で声をかけてから腰高障子をあけた。いつもと違うやわらかな物言いである。腰も低かった。

座敷のなかほどで胡座をかいて酒を飲んでいた室蔵らしき男が、

「な、なんだ、てめえは！」

と、目を剝いて声を上げた。酒気で顔が赤くなっている。ふいに入ってきた朴念と孫八に驚いたようだ。

「わたしは、医者の朴念ですよ」

朴念が愛想笑いを浮かべながら言った。

孫八は町医者の供のような顔をして後ろに控えている。

「医者が何のようだ」

室蔵らしき男が訊いた。

「室蔵さんですかな」

「おお、室蔵だ。おれは、医者など呼んだ覚えはねえぜ」

「よくないな」

朴念が顔をしかめて言った。

「な、なにが、よくねえんだ」

室蔵が戸惑うような顔をした。

「酒だよ。腎虚《じんきょ》には、酒が一番よくない」

言いながら、朴念は上がり框の前に立った。

腎虚というのは、精力の虚弱なことを言う。病名ではなく症状だが、江戸の男の多くは腎虚を恐れていた。

「お、おれは、腎虚じゃァねえ。それに、なんだ、藪から棒に。おれは、医者を呼んだ覚えはねえぜ」

「吉助さんから頼まれたんだよ。室蔵の兄貴が、腎虚らしいんで診てくれとな」

朴念は吉助の名を出した。室蔵に信用させるためである。

「吉助だと……」

室蔵が、戸惑うような顔をした。吉助が町医者を呼ぶなど、思ってもみなかったのだろう。

「どれ、どれ……。脈を取ってしんぜよう」

朴念は草履を脱いで、上がり框から座敷に上がった。

室蔵は呆気に取られたような顔をして、朴念を見つめている。

「どれ、手を出してみろ」

朴念が言うと、

「どういうことだい……」

と、つぶやきながら、室蔵がおずおずと左手を朴念の前に差し出した。

朴念は室蔵の左手首をそっとつかみ、

「うむ……。脈が弱いな。どれ、右の手も出してみろ」

と、もっともらしく言った。

室蔵は心配そうな顔をして、言われたとおり右腕も差し出した。

と、朴念は両腕を、ムズとつかんだ。万力のような怪力である。

「な、何をしやがる！」

室蔵が悲鳴のような声を上げて、両手を引き抜こうとしたが、びくともしない。

そのとき、朴念の脇にいた孫八が室蔵の後ろにまわり込んで、手ぬぐいで猿轡《さるぐつわ》をかました。大声で騒ぎたて、長屋の住人が集まってきたら面倒だと思ったのである。

「おまえが、おとなしくしゃべれは、手荒なことはしねえよ」

朴念は地蔵のような丸顔を赤く染め、ニタニタ笑いながら、

「しゃべらねえと、このまま両腕をへし折るぜ」

と、言い添えた。殺し人の顔にもどった朴念には、その怪力とあいまって得体の知れない不気味さがあった。

室蔵は顎を突き出すようにして目を剝き、何度も頭を縦に振った。しゃべる、という意思表示らしい。

「猿轡を取ってくれ」

朴念が言うと、すぐに孫八が猿轡をはずした。

室蔵は蒼ざめた顔で、ハァハァと息を吐いた。恐怖と興奮とで身を顫《ふる》わせている。

「おめえは、仲間ふたりと仙台堀沿いで侍に因縁をつけたことがあるな」

朴念が切り出した。

「へ、へい……」

「吉助の他に、もうひとりいたな」

「いやした」

すぐに、室蔵が答えた。隠す気はないようである。

「そいつの名は?」

「平造でさァ」

「平造な。……ところで、侍から金を脅し取ろうとでもしたのか」

「そうじゃァねえ。平造に、ふたりで二両もらいやしてね。侍の刀を抜かせりゃァ、それだけでいいって言われたんでさァ」

室蔵が、首をすくめながら言った。

「いい仕事じゃァねえか。それで、平造だが、どういうわけで刀を抜かせたかったんだ。まさか、抜き身が見たかったわけじゃァねえだろう」

「あっしもね、妙な話だと思って、平造に訊いてみたんでさァ。……平造は、侍の腕が知りてえと言ってやした。刀を抜いただけで、腕のほどが分かるお方が近くで見てるってことでしたぜ」

「そいつは侍だな」

朴念は、殺し人だろうと思った。

「わ、分からねえ。あっしも吉助も、姿を見てねえんだ」

室蔵が声をつまらせて言った。ごまかしているようには見えなかった。室蔵は本当に姿を見ていないようだ。

「名も聞いてねえのか」

「平造は、犬山の旦那と言ってやしたぜ」

「犬山か……」

朴念は首をひねった、犬山の名に覚えがなかったのだ。

朴念がいっとき口をとじていると、

「ところで、平造の塒はどこだい」

と、孫八が訊いた。

「どこだか知らねえが、黒江町じゃァねえかな。黒江町の飲み屋やそば屋などで、何度か見かけたからな」

「黒江町な」

孫八は、飲み屋やそば屋の名を訊いた。店をまわって、聞き込めば平造の塒がつかめると思ったのである。

それから、小半刻ほど、室蔵から話を聞いたが、殺し人一味にかかわるようなことは出てこなかった。

「室蔵、おめえがおれたちのことを平造に話せば、その場で殺されるぜ」

朴念がそう言って、腰を上げた。

「どういうことだい」

室蔵が、朴念の巨体を見上げて訊いた。

「おめえたちは二両で、殺し人の先棒をかついだのさ。口を割ったと知りゃァ、真っ先におめえを始末するはずだ。命が惜しかったら。何もなかったことにするんだな」

朴念は室蔵を見つめ、ニタリと笑うと、きびすを返した。

孫八も朴念につづいて室蔵に背をむけた。

第四章　夜襲

1

薄暗い路地だった。人影はほとんどない。ときおり、近所の長屋に住む女房らしい女や遊び疲れた子供などが、通るだけである。

深川黒江町の裏路地だった。表通りから路地を数町たどった寂しい場所である。路地沿いに古い棟割り長屋や小体《こてい》な仕舞屋などがあったが、空き地や笹藪なども目についた。ひっそりしていたが、近所の長屋から子供を叱《しか》りつける母親の声や赤子の泣き声などが聞こえてくる。

「あれらしいですぜ」

孫八が笹藪の脇に立って指差した。

板塀をめぐらせた仕舞屋である。借家ふうの古い家で、板塀は所々朽《く》ちて剝がれ、庇《ひさし》なども垂れ下がっていた。

人の仕事である。

朴念は孫八にまかせ、笹藪の陰に身を隠して孫八がもどるのを待った。

いっときすると、孫八がもどってきた。

「いるぜ」

孫八が目をひからせて言った。

「ひとりか」

「そうらしい」

孫八によると、家のなかから床を踏む音や障子を開け閉めする音などが聞こえたが、話し声はしなかったという。

「どうする」

孫八が訊いた。

「やつは、手引き人だろう。口を割らせてえが、まず無理だな」

生きたまま捕らえるのは、むずかしい。平造をうまく捕らえたとしても、なまじの拷問《ごうもん》では口を割らないだろう。仲間の者に口を割ったことが知れれば、自分が始末されるからである。

「だが、殺しちまうのは惜しい。やれるだけやってみようじゃァねえか」

孫八が言った。

「そうだな」

「家に忍び込むか」

「それしかねえだろう」

朴念が空を見上げ、もうすこし暗くなった方がいいぜ、と言った。

辺りは薄闇につつまれていたが、まだ、灯明が必要なほどの暗さではない。家のなかでも、闇にまぎれて近付くのは無理だろう。

「もうすこし待つか」

ふたりは、笹藪の陰に身を隠したまま時の経つのを待った。

小半刻（三十分）ほど経つと、あたりはだいぶ暗くなってきた。まだ、上空には青さが残っていたが、笹藪の陰の夕闇はだいぶ濃くなっている。

「そろそろだな」

夜陰につつまれてから、他人の家に忍び込むのはかえって危険だった。家のなかは深い闇につつまれ、どこに何があるか識別できなくなるからだ。下手をすると、返り討ちに遭う。踏み込むには、闇溜りに身を隠せるか、家のなかの様子も識別できるぐらいの明るさがちょうどいい。

「行くぜ」

朴念が笹藪の陰をたどるようにして板塀に身を寄せた。孫八がつづく。ふたりは、いったん板塀に身を隠して、家のなかの様子をうかがった。

奥の座敷で物音がした。畳を踏むような音である。平造はそこにいるらしい。夜具でも延べているのかもしれない。

「踏み込むのは、表からだな」

朴念が小声で言った。

「心張り棒が、かってあるかもしれねえぜ」

「こいつがある」

朴念が右腕をかざして、ニタリと笑った。

すでに、朴念の右手には手甲鈎が嵌《は》めてあった。手甲鈎は手に嵌めて握ると鉄の輪が手の甲を覆い、四本の長い鈎が熊の爪のように伸びる武器である。その爪で敵刃を受けたり、相手を切り裂いたりするのである。相手によって両腕に嵌めるが、今日は右手だけにしたようだ。

ふたりは足音を忍ばせて、戸口に近寄った。辺りの闇はだいぶ濃くなっていたが、まだ明りはなくとも踏み込める。

平造がいる奥の座敷の障子に灯《ひ》の色が淡く映じていた。行灯《あんどん》を点しているらしい。

「あくぞ」

孫八が引き戸に手をかけて言った。心張り棒はかってなかったらしい。

「こいつは、遣わずにすんだか」

朴念は、心張り棒がかってあれば、戸の隙間から手甲鈎の爪を差し込んで心張り棒をはずそうと思っていたのだ。それができなければ、爪を遣って戸をこじあけるのである。

ソロソロ、と戸をあけた。かすかな音がしたが、平造は気付かなかったようだ。侵入に気付いて動き出したような物音は聞こえなかった。

二尺ほど戸があくと、まず孫八が、つづいて朴念が戸の隙間から侵入した。なかは暗かった。それでも目が慣れると、土間の先の上がり框やその先の板敷の間などが見えてきた。

左手に奥へつづく廊下があった。その先に、かすかに灯の色がある。平造のいる部屋から洩れてくるらしい。その部屋から瀬戸物の触れ合うような音が聞こえてきた。平造が手酌で酒でも飲んでいるのかもしれない。

朴念が上がり框から板敷の間に上がり、廊下へ踏み込んだ。孫八がつづく。孫八の手には、匕首が握られていた。暗闇のなかでにぶくひかっている。

朴念は足音を忍ばせて廊下を歩いたが、巨漢のためもあって、廊下が軋《きし》んで音をたてた。

ふいに、灯の洩れている部屋の物音がやんだ。平造が廊下の軋む音に気付いたのかもしれない。

と、いきなり朴念が廊下を走りだした。ドシドシ、と大きな音がひびいた。まるで、巨獣でも走っているような足音である。

「だれでえ！」

怒鳴り声がひびき、灯の洩れている部屋で人の立ち上がる気配がした。

そこへ、朴念が駆けつけ、ガラッと障子を開け放った。

「て、てめえ、だれだ!」

平造が甲走《かんばし》った声を上げた。目がつり上がり、手にした匕首がビクビクと震え、行灯のひかりを八方に反射《はね》ている。

驚愕と恐怖で、顔が引き攣《つ》っていた。突如、あらわれた巨漢の坊主頭を目にし、一瞬鬼でもあらわれたと思ったのかもしれない。

「平造、観念しろ!」

言いざま、朴念は部屋に踏み込んだ。

2

「てめえ、朴念だな!」

平造が叫んだ。どうやら、朴念のことを知っているようだ。姿を見るのは初めてだが、仲間から話を聞いていたのだろう。

すばやく、平造は匕首を構えた。朴念と気付いて、この場の状況を察知したようだ。

朴念は手甲鈎を顔の前に構え、平造の前に踏み込んだ。巨漢が行灯の灯に浮かびあがり、手甲鈎とあいまって、爪をたててむかってくる巨熊のようであった。

「ちくしょう！」

平造の顔が恐怖でゆがみ、後じさった。さすがに、平造も朴念の迫力に圧倒されたようだ。

だが、平造の踵《かかと》が後ろの粗壁に当たった。それ以上は、下がれない。

「やろう！」

ふいに、平造が踏み込みざま匕首を前に突き出した。窮鼠《きゅうそ》の一撃である。

ガチッ、という金属音がひびき、平造の匕首が足元に落ちた。朴念が手甲鈎をふるって匕首をたたきおとしたのだ。

ヤアッ！

短い気合を発し、朴念が手甲鈎を斜に振り下ろした。

手甲鈎が行灯の灯《ひ》を裂いた。平造の着物が胸から剝ぎ取られたように大きく裂け、あらわになった胸板に、四本の血の筋がはしった。朴念の手甲鈎の爪が、着物ごと皮肉を切り裂いたのだ。

ギャッ！　という凄まじい絶叫《ぜっきょう》を上げ、平造は後ろによろめいた。平造の背が粗壁に当たり、その反動で前に倒れた。

腹這いになった平造は、喉の裂けるような悲鳴を上げて、這って逃れようとした。胸板から血が畳に流れ落ちている。

「逃がさねえ!」

朴念は左手で、平造の肩をつかんだ。

肩先で骨の軋むような音がした。強力である。平造は這って逃れようとしたが、前に進まなかった。

「孫八、こいつを押さえろ」

朴念が声を上げると、孫八が飛び込むような勢いで走り込み、平造の後ろへまわって両肩を押さえつけた。

「は、離せ!」

なおも、平造は逃れようとした。

すると、朴念が右手の手甲鈎を腹這いになった平造の後頭部に当て、

「じたばたしやがると、こいつで、おめえの頭をぶち割ってやるぜ」

と、凄みのある声で言った。

平造の動きがとまった。両手を畳についたまま、ハァ、ハァと荒い息を吐いてい

る。胸板から流れ落ちた血が、畳を赤く染めていく。

「ここに、座れ」

孫八が平造の両肩を後ろに引いて、身を起こさせた。

平造はなすがままに身を起こし、どっかりと胡座をかいた。そして、観念したように両腕を脇に垂らした。そのとき、平造の左手が膝の脇に落ちていた匕首に触れた。

平造は蒼ざめた顔を朴念にむけたまま、そっと匕首を握りしめた。

朴念も孫八も、平造が匕首を手にしたことに気付かなかった。

身を起こしてあらわになった平造の胸が、赤い布を張り付けたように真っ赤に染まっていた。なおも、四筋の傷から流れ出た血が切り裂かれた着物をつたい、畳に滴り落ちている。

「平造だな」

朴念が念を押した。

「ああ、そうだ」

顔は血の気がなく、体は顫えていたが、声にはふてぶてしさがあった。匕首を手にしたせいかもしれない。

「手引き人か」

「さァな」

平造は顔をしかめたまま言った。胸の傷の痛みに耐えているのであろう。

「てめえと組んでいる殺し人は、だれだい」

朴念が訊いた。

「知らねえな。おれには、何のことか分からねえぜ」

平造がうそぶくように言った。

それを聞いて、朴念の目が怒気でつり上がった。

「てめえ、頭をぶち割られてえのか」

そう言って、朴念が手甲鉤を振り上げようとした瞬間だった。

「死ね！」

叫びざま、平造が左手でつかんだ匕首を掬《すく》い上げるように斬り上げた。

その切っ先が、朴念の胸を着物ごと斜に裂き、厚い胸板に細い血の線がはしった。

「やろう！」

朴念が手甲鉤を振り下ろした。

ゴン、というにぶい音がし、平造の頭が沈んだように見えた。次の瞬間、柘榴《ざくろ》のように割れた頭部から、血と脳漿《のうしょう》が飛び散った。

平造は倒れなかった。頭を前に垂らしたまま胡座をかいている。その頭から血と脳漿が流れ落ち、太腿と畳を赭黒く染めている。

呻き声も、悲鳴も聞こえなかった。平造は胡座をかいたまま死んでいた。

「殺《や》っちまったぜ」

朴念が、顎に付着した返り血を手の甲で擦りながら苦い顔をした。

「しかたねえ。それに、こいつは、口を割るような男じゃァねえ」

孫八が言った。

「どうする、こいつは?」

朴念が、平造の死体に目をやって言った。

「夜具でもかけておけば、しばらく見つからねえだろうよ」

孫八は平造の死体を横にすると、部屋の隅の枕屏風の陰に畳んであった夜具を引っ張り出して死体の上にかけた。

「引き上げるか」

朴念が、手甲鈎をはずしながら言った。

すでに、部屋の外は夜陰につつまれていた。部屋に置いてあった行灯の明りに、朴念と孫八の姿が浮き上がり、ふたりの巨大な影が障子をおおっていた。

3

燭台の灯に、七人の男の顔が浮かび上がっていた。それぞれの顔に、屈託《くったく》の翳《かげ》が張り付いている。男たちの膝先に置かれた酒肴の膳に、手を伸ばす者はすくなかった。座は重苦しい雰囲気につつまれている。

柳屋の二階の奥の間に顔をそろえていたのは、団蔵、絵島、犬山、定次郎、それに彦助《ひこすけ》、与三郎《よさぶろう》、豊六《とよろく》の三人だった。彦助たち三人は、新たにくわわった絵島たちの手引き人である。

「平造が殺られたそうだな」

団蔵が低い声で訊いた。

「へい、頭をぶち割られていやした。それに、胸には何かでひっ掻かれたような傷がありやしたぜ」

彦助が一同に視線をまわしながら言った。

歳は四十がらみであろうか。小柄で、すこし猫背である。丸顔で額に横皺が寄り、猿のような顔をしていた。

「殺ったのは、だれだい」

犬山が訊いた。

「だれだか分からぬが、地獄屋の殺し人にまちがいないな」

と、絵島。

「あっしは、朴念の仕業だとみていやす。頭をぶち割るような殺し方をするのは、やつぐれえしかいねえ」

定次郎が、くぐもった声で言った。

「わたしも、朴念とみますね」

そう言って、団蔵が膳の杯に手を伸ばした。

次に口をひらく者がなく、座はいっとき重苦しい沈黙につつまれていたが、団蔵が苦い顔をしたまま一同に視線をむけながら、

「千次につづいて平造か。……ところが、地獄屋の殺し人も手引き人も、ひとりも始末できちゃァいねえ」

団蔵が、やくざ者らしい口調で言った。これが、本来の物言いなのだろう。

「これじゃァ、始末されているのは、わたしらだよ」

団蔵の声に、苛立ったようなひびきがくわわった。

「元締め、深川はやつらの縄張だ。まともにやったのでは、おれたちに利はない。このままだと、おれたちが先に始末されるかもしれんぞ」

絵島が言うと、

「何か手を打たないとな」

と、犬山が低い声でつづけた。

「しかたがない。すこし荒っぽいが、奥の手を使いますか」

団蔵が虚空を睨むように見すえて言った。双眸が燭台の灯を映して、血を垂らしたようなひかりを帯びている。

「奥の手とは？」

絵島が訊いた。

男たちが身を乗り出すようにして、団蔵に視線を集めた。その動作で大気が揺れたのか、燭台の火が乱れ、障子に映った男たちの影を攪乱《かくらん》した。

「夜襲だよ」

「夜襲だと」

絵島が驚いたような顔で訊き返した。

「鬼どもを討つには、地獄へ行くのが手っ取り早いってことだよ」

団蔵が男たちに視線をまわしながら言った。

「地獄屋に夜襲をかけるのか」

「そういうことだ。島蔵は、地獄の閻魔と呼ばれているそうだよ。先に閻魔の首を取るって寸法さ」

団蔵の面長の顔が、かすかに赤みを帯びていた。気が昂っているのだろう。

「なるほど、閻魔を先に仕留めれば、後に残った鬼どもは、どうにでもなるってことか」

絵島がうなずいた。

「相応の金は用意しますよ」

「そいつはいい」

黙って聞いていた定次郎が、ぼそりと言った。

「でも、元締め、あそこには、大勢寝泊まりしていやすぜ」

与三郎が、戸惑うような顔をして口をはさんだ。この男は三十がらみ、赤ら顔で顎に小豆《あずき》粒ほどの黒子《ほくろ》がある。

彦助と豊六の顔にも、戸惑いと不安の色があった。地獄屋に寝泊まりしている男たちのことを知っているのだろう。

豊六は、まだ若かった。二十四、五であろうか。痩身だが、筋肉質のひきしまった体をしていた。黒の半纏に細身の股引姿で、手ぬぐいを肩にかけていた。川並のような格好である。

「寝泊まりしているやつらは、殺し人でも手引き人でもないんだ。くず連中だよ。何人いようが、恐れるようなことはないはずだよ」

団蔵がさらにつづけた。

「こちらは、総出でかかる。絵島の旦那、犬山の旦那、定次郎、それにおまえたち三人が、一気に店に踏み込んで島蔵を始末すればいい」

「おもしろい」

絵島が目をひからせて言うと、犬山と定次郎も無言でうなずいた。

「それで、いつやる」

犬山がくぐもった声で訊いた。

「四、五日後になるだろうな」

団蔵は、その間に彦助たち三人にさらに地獄屋を探らせ、寝泊まりしている者たちを把握《はあく》した上で仕掛けたいと言い添えた。

「なんとしても、地獄屋のやつらを皆殺しにしねえとな。縄張のこともあるが、親分の敵を討たねえと、おれの顔が立たねえんだ」

団蔵が虚空を見すえて言った。双眸が底びかりし、殺し人の元締めらしい凄みのある面貌《おもて》をしていた。

それから小半刻ほどして、話が一段落すると、団蔵が銚子を手にし、

「今日は、ゆっくりやりましょうや」

と言って、顔をなごませた。

集まった男たちも杯や銚子を手にし、隣同士でつぎあったり、手酌でついだりして酒をかたむけ始めた。

4

風が貯木場や掘割の水面を吹け抜け、空き地の草藪や水際の蘆荻《ろてき》を揺らしていた。陽が落ちて藍色に染まってきた空を黒雲が流れていく。

暮れ六ツ（午後六時）を過ぎ、極楽屋は淡い夕闇につつまれていた。要橋の上や仙台堀沿いの道に人影はなく、物悲しい風音だけが鳴り響いていた。

極楽屋の店先から淡い灯が洩れ、荒《すさ》んだ心を温めるように辺りを照らしている。

その灯に、ふたりの男が目をむけていた。彦助と与三郎である。ふたりは要橋のたもとの草藪の陰に身を隠し、豊六がもどってくるのを待っていたのだ。

いっときすると、極楽屋の脇の暗がりから男がひとり姿をあらわし、店の前の小橋を渡って、彦助たちの方へ走ってきた。

豊六である。豊六は闇に溶ける黒の半纏と同色の細身の股引姿だった。夕闇のなかを疾走してくる姿は、夕空を翔《かけ》る黒鳥のように見えた。

豊六は彦助たちのそばに駆け寄ると、

「島蔵は店にいるぜ」

と、荒い息を吐きながら言った。

豊六は、極楽屋の店の脇に身を隠し、店内の様子をうかがっていたのだ。彦助、豊六、与三郎の三人は、ここ三日、陽が沈む前にこの場に来て極楽屋を見張り、店内にいる者たちを把握していたのだ。襲撃する好機をつかむためである。

「店の様子は分かるか」

彦助が訊いた。

「七、八人が、酒を飲んだりめしを食ったりしているようだぜ」

「殺し人は？」

「はっきりしたことは、分からねえが、菊次郎がいるようだ」

豊六によると、男たちの声のなかに、菊次郎を呼ぶ声が聞きとれたという。

「菊次郎ひとりなら、どうってこたァねえ」

彦助が言った。

「与三郎、大和町《やまとちょう》へ走ってくれ」

「合点だ」

与三郎が草藪から通りへ出て走り出した。仙台堀沿いの道を亀久橋の方へむかって疾走していく。

亀久橋を渡った先の大和町のそば屋に、絵島、犬山、定次郎の三人が酒を飲みながら、彦助たちから連絡が来るのを待っていたのである。


そのとき、極楽屋の店内は賑わっていた。八人の男が、談笑しながら酒を飲んだりめしを食ったりしている。そのなかには、菊次郎と孫八の姿もあった。島蔵と嘉吉は板場にいて、肴を用意したり酒肴を店に運んだりしていた。

「孫八、平造ってえ男を始末したそうだな」

菊次郎が小声で訊いた。

「朴念だよ」

「平造は、殺し人かい」

「いや、手引き人らしい。……生け捕りにして話を聞こうとしたんだが、匕首を振りまわされてな、仕方なく殺《や》っちまったんだ」

孫八は、そのときの様子をかいつまんで話した。

「朴念らしいや」

菊次郎が銚子を手にして、孫八の猪口についでやった。

その銚子を飯台の上に置いたとき、表の戸口から冷たい風が流れ込んできた。目をやると、伊吉が背を丸めて店に入ってくる。さっきまで伊吉は店内で飲んでいたので、小便にでも行ったのであろう。

「だれか、来るぜ」

伊吉が、いっしょに飲んでいた吉次郎に言った。

「だれだい」

吉次郎が訊いた。

ふたりの飯台は孫八たちの近くにあったので、そのやり取りは嫌でも孫八たちの耳に入ってきた。

「分からねえ。四、五人いるぜ」

と、伊吉。

「仕事から、帰《けえ》ってきた連中じゃァねえのか」

「侍がふたりもいるぜ」

伊吉がそう言ったのを耳にした孫八は、すぐに腰を上げた。極楽屋の者ではない、と直感したのだ。

慌てて飯台から離れ、引き戸をあけて外を見た。

淡い夕闇のなかに黒い人影があった。数人いる。店のすぐ前の小橋を渡って、店にむかってくる。

六人だった。武士がふたりいる。ひとりは、大柄で小袖に袴姿。二刀を帯びている。もうひとりは、牢人であろうか。総髪で、大刀を一本落とし差しにしていた。

他の四人は町人体だった。長脇差を帯びている男がふたりいた。町人体の男にも、獲物を襲う狼のような雰囲気がある。

……殺し人たちだ！

孫八は察知した。大勢で、極楽屋を襲うつもりらしい。

孫八は踵《きびす》を返すと、

「殺し人たちが、押し込んでくるぞ！」

と叫び、飯台の間を駆け抜けて、板場に飛び込んだ。

島蔵はまな板を前にし、襷《たすき》掛けで包丁を使っていた。魚をさばいているところだった。その脇で、嘉吉が丼を洗っている。

「元締め！　殺し人たちが大勢来るぜ」

孫八が叫んだ。

「なんだと！」

一瞬、島蔵は包丁を動かす手をとめ、硬直したようにその場につっ立った。

「六人だ」

「ここへか？」

「店の前まで来てる」

「なに！」

島蔵は、包丁を手にしたまま板場から飛び出した。

店のなかは、静まっていた。男たちは蒼ざめた顔で息をつめ、身を硬くしていた。咄嗟《とっさ》に、どうすればいいか分からないのだろう。猪口や箸を持った手をとめ、口をつぐんでお互いの顔を見合っていた。澱《よど》んだ大気のなかで、煮物からの湯気や莨盆からの煙が、揺れながら立ち上っている。

戸口で、菊次郎と峰造が外を覗いていた。

「どけ！」

島蔵は強引にふたりの間に割り込み、外に目をやった。

来やがった！

六人の影が、店の前に迫っていた。すでに、刀や長脇差を抜いた者もいる。刀身が銀《しろがね》色にひかり、夕闇を切り裂くように近付いてくる。

「逃げろ！」

振り返りざま、島蔵が怒鳴った。

5

ワッ！　と叫び、戸口近くにいた男が、飛び上がるような勢いで飯台から立ち上がった。その拍子に、銚子と丼が倒れて転がり、土間へ落ちて砕けた。

菊次郎と峰造も、戸口から店へ駆けもどった。それを見た男が、慌ててその場から逃げようとし、空き樽につまずいて前につんのめった。男は飛び込むような格好で、飯台に上半身を投げだした。

その拍子に、飯台の上にあった銚子だの皿だの丼だのが土間に落ち、ガシャ、ガシャと、音をたてて砕け散った。他の男たちも、次々に立ち上がった。箸や猪口を手にしたままの者もいる。

「店から逃げろ!」

島蔵が怒鳴った。

そのとき、表の引き戸があき、ふたりの男が店に踏み込んできた。黒布で覆面をし、顔を隠している。手にした白刃が店の燭台の火の色を映し、血を塗ったようにひかっていた。さらに、ふたりの後ろからも、人影が押し入ってきた。

ヒイイッ、と喉の裂けるような悲鳴が聞こえ、店にいた男たちがいっせいに裏口へむかって駆けだした。

「皆殺しにしろ!」

絵島が叫んだ。

店内は蜂の巣をつついたような騒ぎになった。怒号、悲鳴、瀬戸物の割れる音、空き樽の転がる音、男が足をとられて地面に転がる音など、耳を聾《ろう》するような騒音のなかで、逃げ惑う男たちと踏み込んできた男たちが入り乱れている。ギャッ! と絶叫を上げ、身をのけ反らせる者もいた。

「逃げろ！　店から逃げるんだ！」

島蔵は板場の前につっ立ち、鬼のような形相《ぎようそう》で叫んだ。

……このままだと、大勢殺《や》られる！

と、島蔵は思った。踏み込んできた殺し人たちに、太刀《たち》打ちできなかった。とにかく、店から飛び出して逃げるしか助かる手はない。

「孫八、奥にいる連中を逃がせ！」

島蔵がそばにいた孫八に指示した。店の奥の長屋にも、男たちが何人もいる。逃げなければ、殺し人の餌食《えじき》になるかもしれない。

「へい」

孫八が奥へ走り込んだ。

そのとき、島蔵の前に、巨漢の武士が迫ってきた。絵島である。絵島は黒布で覆面をしていた。双眸が、猛虎のように炯々《けいけい》とひかっている。絵島も殺し人の血が滾《たぎ》っているようだ。

「元締め、逃げてくれ！」

菊次郎が、島蔵に迫る絵島の前に立ちふさがった。菊次郎は、右手を前に突き出すように構えた。指先に剃刀が挟んである。

「菊次郎、おめえも逃げろ！」

言い置いて、島蔵は板場に飛び込んだ。

島蔵には、まだやらねばならないことがあった。女房のおくらである。風邪ぎみで、奥の部屋で横になっている。殺し人たちは、おくらも斬り殺すだろう。

板場には嘉吉がいた。包丁を手にして、店へ飛び出して行こうとしている。

「嘉吉、おくらを連れて逃げてくれ！」

島蔵が叫んだ。

「元締めは？」

「おれも、逃げる」

島蔵は、もう一度店の様子を見てから逃げるつもりだった。

「分かりやした」

嘉吉は、板場から駆けだした。奥の部屋までたどりつけば、裏手から外へ逃げられるはずである。

そのとき、菊次郎は店のなかで絵島と対峙していた。薄闇のなかで、絵島の大柄な姿が黒い巨獣のように見えた。

絵島は、刀身を寝かせて低い八相に構えていた。刀身がにぶくひかっている。家のなかの間取りにもよるが、上段や八相から斬り込むと、切っ先が天井や鴨居《かもい》を斬りつけてしまう。絵島はそれを承知していたので、低い八相に構えたのだ。

「おまえの手にしているのは、小柄《こづか》か、それとも剃刀か」

絵島が訊いた。菊次郎が右手に持っている武器を目にとめたらしかった。

「剃刀だよ。てめえの首を掻き切ってやるぜ」

菊次郎は隠さなかった。

「おまえか、千次を仕留めたのは」

「千次なんてやろうは、知らねえよ」

言いざま、菊次郎は後じさった。

この男には、太刀打ちできない、と察知したのである。

だが、すぐに足がとまった。踵が板壁に触れたのだ。それ以上は、下がれなかった。

「ちくしょう!」

菊次郎は、相打ち覚悟で飛び込むしかない、と思った。

「おれが、冥途へ送ってやる」

グイ、と絵島が踏み込んできた。

一瞬、菊次郎は巨岩が迫ってくるような威圧を感じて腰が浮いた。

オリャア！

裂帛《れっぱく》の気合を発し、絵島が八相から斬り込んできた。迅雷のような斬撃である。

咄嗟に、菊次郎は横に跳んだが、間に合わなかった。

左の肩先に激痛がはしった。着物が裂け、肩先から血が迸《ほとばし》り出た。左腕の感覚がなかった。腕はついていたが、動かない。

「やりゃァがったな！」

叫びざま、菊次郎が飛び込んだ。

頭のなかが、真っ白だった。体だけが、勝手に動いた。菊次郎は絵島の首筋を掻き切ろうとして、右腕を突き出した。

が、絵島の二の太刀の方が迅かった。巨体に似合わず、敏捷な動きである。絵島は体《たい》をひねりざま、刀身を逆袈裟に斬り上げたのだ。

にぶい骨音がして、菊次郎の剃刀を持った右腕が虚空に飛んだ。前腕《ぜんわん》が截断されたのだ。菊次郎は喉の裂けるような悲鳴を上げてよろめいた。截断された右腕から血が筧《かけひ》の水のように流れ出、土間に落ちて音をたてた。

菊次郎は両腕から血を流し、よろよろと前に歩いたが、転がっていた空き樽に足をとられて前につんのめった。

土間に俯《うつぶ》せになった菊次郎は、足を動かして起き上がろうとしたが、モソモソと体をくねらせただけである。

「とどめを刺してくれる！」

絵島が菊次郎のそばに近寄り、背中から心ノ臓を狙って刀身を突き刺した。

グッ、と喉のつまったような呻き声を上げて菊次郎が身をのけ反らせた。

そこへ、島蔵が板場から出てきた。

6

「菊次郎！」

島蔵が叫んだが、菊次郎は伏臥したまま動かなかった。

絵島が血刀をひっ提《さ》げ、素早い動きで島蔵の前にまわり込んできた。

そのとき、近くにいた彦助が、

「絵島の旦那、そいつが、島蔵だ!」

と、声を上げた。

「島蔵は、おれが仕留める」

絵島は島蔵と対峙すると、ふたたび低い八相に構えた。

絵島の巨軀に気勢がみなぎり、島蔵の目に絵島の姿がさらにふくれ上がったように見えた。

……こいつは、できる!

島蔵は太刀打ちできないと察知した。逃げるしかねえ、と思い、島蔵は手にしていた包丁を振り上げた。

「これでも食らえ!」

叫びざま、島蔵は包丁を絵島の顔を狙って投げた。

絵島が体《たい》を引きながら、刀身を八相から斜に払った。一瞬の反応である。

甲高い金属音がひびき、包丁が虚空へ飛んだ。絵島は刀身で、包丁をはじいたのである。

と、島蔵が反転して、板場へ駆け込んだ。板場には、脇から出入りできる引き戸があった。島蔵はそこから外へ逃げようと思ったのだ。

「逃さぬ！」

絵島が後を追ってきた。

島蔵は流し場と水瓶《みずがめ》の間をすり抜け、脇の引き戸から外へ飛びだした。板場で、ガシャガシャと瀬戸物の割れる音がひびいた。絵島が踏み込んで来て、まな板の脇に重ねてあった丼や皿を土間に落としたらしい。

店の外は夜陰につつまれていたが、まだ、空に明るさが残っていた。家や掘割などは、はっきりと識別できる。

店先に、ふたつの人影があった。ふたりとも、刀をひっ提げている。その刀身が店から洩れる灯を反射《はね》て、にぶくひかっていた。殺し人が、戸口から飛び出そうとした男を斬ったのかもしれない。

島蔵は店の前にまわらなかった。店の正面の小橋を渡らなければ、通りには出られなかったが、あえて小橋にむかわなかったのだ。

殺しの世界で長年生きてきた男の勘だった。小橋に向かえば、敵の殺し人たちに見つかって追いつかれる、と察知したのである。

島蔵は板場から飛び出すと、左手に走った。わずかな空き地を隔てて、葦や芒などの群生する草藪がひろがっていた。そのなかに飛び込んだのである。

幸運なことに、風があった。風が、草藪をザワザワ揺らしている。島蔵は草藪を掻き分けながら歩いた。島蔵のたてる音は、風音が掻き消してくれた。

島蔵は仙台堀沿いにたどり着いた。堀沿いの土手に這い上がり、草藪の間から極楽屋に目をやると、戸口から洩れる灯のなかに、いくつかの人影が見えた。だれなのかはっきりしないが、店に踏み込んできた殺し人たちらしい。

……この借りは、かならず返《けえ》してやるぜ！

島蔵が胸の内で叫んだ。


一方、店の奥の長屋に駆け込んだ孫八は、それぞれの部屋の障子をあけ、

「逃げろ！　殺し人たちが踏み込んできた」

と、叫んでまわった。

咄嗟に、男たちは何が起こったか分からなかったようだが、店の方から悲鳴や怒号などが聞こえてくると、慌てて部屋から逃げだした。

引き戸をあけて外に飛び出す者、廊下を走って裏手から逃げる者、長屋のなかも騒然となった。

長脇差をひっ提げた定次郎と豊六が、長屋にも踏み込んできたが、逃げる男たちを

追おうとはしなかった。人数が多すぎて、追っても無駄だと思ったのであろう。

孫八は長屋の住人たちを逃がすと、自分も裏手から外へ飛びだした。

裏手は乗光寺《じようこうじ》という古刹《こさつ》になっていた。空き地との境に築地塀がめぐらしてあったが、孫八は塀に飛び付いて越え、杜《もり》のなかへ逃げ込んだ。

島蔵は柳橋の吉左衛門の許に逃れた。吉左衛門は、一吉に島蔵をかくまってくれた。もっとも、長くはいられないだろう。いずれ、敵の殺し人たちは、島蔵が一吉にひそんでいることを嗅ぎつけるはずだ。

翌朝、孫八と嘉吉が一吉に姿を見せた。孫八は無傷だったが、嘉吉は肩先に傷を負っていた。訊くと、長脇差を持った渡世人ふうの男に斬られたという。ただ、たいした傷ではなかった。皮肉を浅く裂かれただけである。

島蔵は嘉吉の手当てをしながら、

「おくらはどうした」

と、訊いた。気になっていたのである。

「孫八さんに、あずかってもらいやした」

嘉吉によると、おくらを極楽屋から連れ出した後、入船町にむかい孫八の住む甚右衛門店に逃げ込んだという。

「元締め、女将さんのことは心配ねえ。あっしが、お預かりしやしたんで」

孫八が言い添えた。

「すまねえ」

「菊次郎はどうしやした」

孫八が訊いた。

「やつは、殺られた」

島蔵は、菊次郎の絶命の瞬間を見ていた。

「他にも、何人か殺られたようですぜ。あっしは、蓑蔵《みのぞう》が殺られたのを見やした」

嘉吉が声を落として言った。

蓑蔵は左官だったが、親方の許を飛び出して極楽屋に住みついた男だった。

「店に押し込むとは、思わなかったぜ。それにしても、殺し人の風上にもおけねえやつらだ」

島蔵が憎悪に顔をゆがめて言った。鬢がそそけ立ち、大きな顔が怒りで赭黒く染まっていた。まさに、閻魔のような顔である。

殺し人は、依頼された相手だけ暗殺するのが鉄則だった。家屋敷に大勢で押し込んで、かかわりのない者まで皆殺しにするような非道な真似はしないのだ。それを、六人もで店に押し込み、何のかかわりもない者まで殺したのだ。

「このままにはしねえぜ」

島蔵は牛のような大きな目で、虚空を睨むように見すえた。

7

腰高障子に陽が射し、障子紙が蜜柑色にかがやいていた。五ツ半（午前九時）ごろであろうか。長屋は静かだった。亭主たちの多くが仕事で出払っているせいであろう。

平兵衛は、研ぎ場から出て茶を飲んでいた。朝餉《あさげ》を終えてから研ぎの仕事にかかり、一刻（二時間）ほどつづけたが、肩が凝ったので一休みしていたのである。

そのとき、戸口に走り寄る足音がした。長屋の者ではなかった。平兵衛は、念のためにかたわらに置いてあった刀に手を伸ばした。得体の知れぬ殺し人の一党が、島蔵の縄張を狙っていると聞いていたので警戒していたのだ。

障子に人影が映り、

「安田の旦那、いやすか」

と、声が聞こえた。

聞き覚えのある声だった。嘉吉らしい。

「入ってくれ」

平兵衛は手にした刀を脇に置いた。

腰高障子があいて、嘉吉が顔を出した。どういうわけか、嘉吉の顔は艶《つや》を失い、こわばっていた。

「旦那、これを」

嘉吉は土間に立ったまま、袂《たもと》から紙片を取り出した。

「何かな」

受け取ってひらいて見ると、

――十八夜、笹
と、記してあった。十八夜は四五九《じごく》屋。笹は笹屋。いつもの地獄屋からの呼び出し状である。

「嘉吉、何があったのだ」

ただごとではなかった。地獄屋からの呼び出し状はめずらしくなかったが、嘉吉が投げ文をおとしていかず、わざわざ届けるのは、滅多にないことだった。

「極楽屋が、殺し人たちに襲われやした」

嘉吉が、顔をゆがめて言った。

「なに！」

思わず、平兵衛は声を上げた。

「菊次郎さんが、殺られやした。他にも何人か……」

嘉吉は苦悶の色を浮かべ、視線を足元に落とした。

「右京はどうした」

平兵衛が声をつまらせて訊いた。

「片桐の旦那はいなかったんでさァ」

「そうか」

平兵衛がほっとしたような顔をした。

「咄嗟のことで、逃げる間もなかったんで」

「それで、元締めは？」

「一吉に、かくまってもらっていやす。ともかく、笹屋に来てくだせえ」

「嘉吉は、一吉にもどるのか」

「いえ、これから、片桐の旦那に知らせに行きやす」

「そうか」

どうやら、呼び出し状を渡す役の者が、嘉吉しかいないらしい。

嘉吉は、笹屋で待っていやす、と言い残し、戸口から出ていった。

笹屋の二階の奥の座敷に、六人の男が集まっていた。島蔵、吉左衛門、右京、朴念、孫八、それに嘉吉である。いずれの顔にも、憤怒と苦悶の表情が張り付いていた。男たちの膝先に酒肴の膳はなかった。茶碗があるだけである。酒を飲む気持ちにはなれないのであろう。

「安田の旦那、ここへ」

島蔵が脇のあいている座布団を指差した。

平兵衛は腰を下ろすとすぐに、

「極楽屋が襲われたそうだな」

と、訊いた。

「踏み込んで来たのは、六人だ」

島蔵が顔をしかめて言った。

「大勢だな。それで、殺られたのは？」

「四人らしいが、はっきりしねえ」

島蔵の顔に無念そうな表情が浮いた。

菊次郎の他に、長屋に寝泊まりしている蓑蔵、竹助《たけすけ》、峰造の三人が、押し入った殺し人たちに斬り殺されたらしいという。

「傷を負った者が何人もいるようだ」

島蔵によると、斬殺された者の他は極楽屋から逃げ出したので、何人いるか分からないという。

「いま、極楽屋はどうなっているのだ」

平兵衛が訊いた。

「はっきりしたことは分からねえが、今朝方まで、殺し人たちが何人かいたようだ。長屋で暮らしてたやつらは、みんな逃げ出したらしい」

今朝、孫八が菅笠で顔を隠し、行商人のような格好をして極楽屋の前の道を通り、店先にいる殺し人らしい男を目撃したという。さらに、極楽屋から近くの貯木場や材木問屋の倉庫などに逃げ込んだ何人かと会い、菊次郎の他に蓑蔵たち三人が斬られたことを聞いたそうである。

「うむ……」

犠牲になった者が多い、と平兵衛は思った。菊次郎たち四人だけではなかった。すでに、梅吉と浅五郎も殺られている。それに、島蔵をはじめ殺し人たちの牙城ともいえる極楽屋から追い出されたのだ。

「それで、押し入った殺し人だが、まだ正体はつかめないのか」

平兵衛が、声をあらためて訊いた。

「何人かは、分かってきた。まず、菊次郎を斬った絵島だ」

島蔵によると、一緒に踏み込んできた仲間が、絵島の旦那と声をかけたのを聞いたそうである。

島蔵がそこまで話すと、吉左衛門が、

「絵島のことは、わたしから話しましょう」

と言って、話しだした。

名は、絵島東三郎。御家人くずれで、神道無念流《しんとうむねん》の遣い手だという。三、四年前から殺しに手を染めるようになったらしい。日本橋から南が縄張らしく、これまで深川や浅草界隈で仕事をすることはなかったという。

「絵島を遣っている元締めは？」

平兵衛が訊いた。

「それが、分からないんです。以前は品川弥左衛門の縄張だったが、弥左衛門はみなさんに始末してもらいましたからね。いまは、だれが元締めをしているものやら」

吉左衛門が首をひねった。江戸の闇世界にくわしい吉左衛門にも分からないらしい。

「絵島の他にも、分かったぜ」

島蔵が口をはさんだ。

「だれだ？」

「深谷の定次郎だ」

嘉吉が、押し入った仲間のひとりが、渡世人ふうの男に、深谷の、と呼びかけたのを聞いたという。

「定次郎のことは、おれも耳にしたことがある」

島蔵が話しだした。

定次郎は中山道の深谷宿から江戸へ流れてきた凶状持だという。しばらく、賭場の用心棒などをしていたが、そのうち殺しに手を染めるようになった。これまで、定次郎は絵島と同じように深川や浅草には顔を見せなかったそうだ。

「もうひとり、殺し人らしいのがいやしたぜ」

孫八が言った。

「覆面してたんで顔は分からねえが、牢人でさァ。あっしは、犬山ってえやつじゃァねえかとみていやす」

孫八がそう言うと、朴念が、

「室蔵が、話していたやつだな」

と、声を大きくして言った。

「そうでさァ」

孫八が、あらためて室蔵から話を聞いた経緯をかいつまんで話した。

島蔵も吉左衛門も、犬山のことは耳にしたことがない。

「押し入った一味は六人だそうだが、あとの三人は」

平兵衛が訊いた。

「はっきりしねえが、三人は手引き人だとみている」

「そうかもしれんな」

殺し人が三人、手引き人が三人。都合六人で、極楽屋を襲ったのかもしれない。殺し人の三人は、絵島東三郎、深谷の定次郎、それに牢人の犬山ということになろうか。

「頼みがある」

島蔵が大きな目で一同を見渡しながら言った。

「あらためて、絵島、定次郎、それに犬山の始末を頼みてえ。……ただ、見たとおり、おれは極楽屋を追い出され、いまは空《から》っ穴《けつ》だ。前金も殺し料も金が入《へえ》ったら、ということになる」

島蔵がさらにつづけた。

「殺し料は、三人とも百両。依頼人は、おれだ」

島蔵がそう言い添えると、吉左衛門が、

「わたしも、依頼人になりましょう。放っておけば、火の粉はわたしにも降りかかってくるでしょうからね。……とりあえず、前金はわたしが払いますよ」

と、重いひびきのある声で言った。表情は動かさなかったが、細い双眸が切っ先のようにひかっている。肝煎り屋の顔である。

「そいつはありがてえ。吉左衛門、恩に着るぜ」

島蔵が声を大きくして言った。

「なに、元締めと肝煎り屋ですからな。相身互いですよ」

吉左衛門が口元に笑みを浮かべた。

8

「おれが、囮《おとり》になろう」

右京が言いだした。

「囮だと」

平兵衛が驚いたような顔をして訊いた。島蔵や吉左衛門も、右京に目をむけている。

「そうです。犬山はならず者を使って、おれの腕をみようとした。殺し人として、おれを狙っているからだろう。おれが、仙台堀沿いの道を歩いていれば、かならず仕掛けてくるはずだ」

「犬山があらわれたところを、始末するのだな」

島蔵が目をひからせた。

「だが、犬山ひとりとはかぎらんぞ」

平兵衛が言った。犬山は右京が遣い手であることを知っているはずだった。ひとりでは仕掛けず、絵島や定次郎の手を借りるのではないか。相手が殺し人ふたりとなれば、右京も後れをとるだろう。

「こちらも、安田さんに助太刀を頼みますよ」

そう言って、右京は口元に笑みを浮かべた。右京はふだん平兵衛を義父上と呼んでいるが、仲間たちの前では安田さんと呼ぶ。

「あっしも、手を貸しやしょう。あっしの腕じゃァ足手纏《まと》いかもしれねえが、逃げられたときは、あっしが跡を尾けて塒をつきとめやすぜ」

孫八が言った。

「孫八にも頼もう」

平兵衛が言った。


翌日、陽が西の空にまわり、町筋が淡い夕陽につつまれるころ、右京はひとり、仙台堀沿いの道を歩いていた。大川端から松平陸奥守《まつだいらむつのかみ》の下屋敷の脇を通り、伊勢崎町、西平野町と歩いた。

右京の半町ほど後ろを平兵衛が歩いていた。袖無し羽織に軽衫《かるさん》、杖を持ち、腰に短い脇差を差していた。すこし背を丸めて歩く姿は、どこから見ても頼りない老爺である。とても、殺し人には見えない。

平兵衛の半町ほど後ろを孫八が歩いていた。孫八は菅笠をかぶり、風呂敷包みを背負っていた。手甲脚半に草鞋履き、行商人といった格好である。

仙台堀沿いの通りには、多くの人影があった。仕事帰りの職人、ぼてふり、船頭、遊び疲れて家路に向かう子供、夕餉の菜を買いに来た女房らしい女……。長い影を曳いて、夕陽のなかを行き交っている。

右京は要橋近くまで行くと、路傍《ろぼう》に立ちどまり、いっとき遠方の極楽屋に目をやってからきびすを返した。

すでに、極楽屋から絵島たち殺し人が姿を消していることは、右京たちも知っていた。だが、島蔵をはじめ極楽屋で寝起きしていた者たちは、まだ店や長屋にもどっていなかった。極楽屋には絵島たちの目がひかっているはずで、迂闊《うかつ》に近付けなかったのだ。

平兵衛は手前の亀久橋の欄干《らんかん》に身をあずけ、一休みするような格好で水面に目をむけていた。

一方、孫八は亀久橋のたもとの岸際で足をとめ、叢《くさむら》に腰を下ろして莨《たばこ》を吸い始めた。右京と平兵衛が、通り過ぎるのを待っているのである。

右京が通り過ぎ、半町ほど間を置いて、平兵衛が歩いていく。

孫八は腰を上げ、平兵衛の跡を尾け始めた。

仙台堀には、亀久橋の西に海辺橋がかかっていた。その海辺橋のたもとを右京につづいて平兵衛が通り過ぎたとき、橋を渡ってきた男が平兵衛のすぐ後ろを歩きだした。

手ぬぐいで頰っかむりして、顔を隠していた。黒の半纏に同色の細身の股引。川並のような格好である。

……あいつ、見たことがある！

と、孫八は思った。

見覚えがあったのは顔ではなく、体軀である。痩身だが、ひきしまった筋肉におおわれているのが見てとれた。いかにも、敏捷そうである。孫八は極楽屋で目にした一味のなかに、その男がいたような気がしたのだ。

前を行く右京は歩調を変えず、仙台堀沿いの道を歩いて大川端へ出た。大川端の人影は、仙台堀沿いの道より多かった。襲うにしても、もうすこし暗くなり、人影がとぎれてからでないと無理だろう。

右京は上ノ橋を渡り、川下へしばらく歩いたところで足をとめた。そこは、佐賀町である。

するとと、孫八の前を歩いていた男も足をとめ、川岸に立って何気なく大川の川面に目をやっている。

……まちげえねえ。やつは、右京の旦那を尾けている。

孫八も、川岸に身を寄せた。

男は、孫八にも右京の後ろから歩いていく平兵衛にも気付いていないようだった。平兵衛の姿は目に入っているはずだが、頼りなげな老爺を右京の仲間だとは思わなかったのであろう。

そのとき、平兵衛が右京に近付いて何やら話しかけた。今日は、あらわれなかったので、明日出直そうとでも、話しかけたのかもしれない。

ふたりは、二言三言かわしたようだったが、方向を変え、肩を並べて川上の方へ歩きだした。岩本町と相生町にあるそれぞれの長屋に帰るつもりなのであろう。

川岸に立って右京たちに目をやっていた男は、その場に立ったまま遠ざかっていく右京と平兵衛の背を見送っていた。今日のところは襲うのをあきらめたのか、それとも平兵衛があらわれたので、戸惑ったかであろう。夕闇のなかに、右京と平兵衛の後ろ姿が遠ざかると、男は川下へむかって歩きだした。

孫八は、ふたたび男の跡を尾け始めた。

男は暮色の濃くなった大川端を足早に歩いていく。孫八は半町ほどの距離を取ったまま、通行人の背後や店仕舞いした表店の陰など身を隠しながら尾けていく。孫八の尾行は巧みだった。殺し人ではあったが、手引き人としての年季も入っていて、尾行も慣れていたのである。

男は油堀の手前を左手に入った。掘割沿いの道は濃い暮色につつまれ、人影はほとんどなかった。男は慣れた様子で足早に歩いていく。

男は佐賀町を抜け堀川町に入ってすぐ、左手の堀沿いにあった仕舞屋の前で足をとめた。そして、左右に目をやってから、表の木戸をあけて家のなかへ入っていった。

……ここが塒か。

孫八は、家の近くまで行ってみた。

小体な借家ふうの家屋だった。家の脇に身を寄せて、耳を立てると、床を踏む音や障子を開け閉めする音などが聞こえてきた。ひとりらしかった。

孫八は足音を忍ばせて、家から離れた。ここから先は、明日である。

翌朝、孫八はふたたび堀川町の油堀沿いに足を運んだ。男が入った家には近付かず、一町ほど離れたところで店をひらいていた八百屋に立ち寄った。

孫八は店先にいた五十がらみの親爺に袖の下を握らせて、話を聞いてみた。

「一町ほど先にある家は、借家かい」

そう、切り出した。

「へえ」

親爺は怪訝な顔をした。孫八が何を訊きたいのか、分からなかったのだろう。

「いい家じゃァねえか。まだ、だれも借りちゃァいねえな」

「いえ、もう、住んでますよ。三月ほど前から、豊六さんてえひとが」

親爺が、店先に並べようとしていた大根を手にしたまま言った。

「独り者かい」

豊六は手引き人だろう、と孫八は思った。

「そのようですよ」

「借家をひとりで借りてるのかい。稼ぎがいいようだが、何をしてる男だい」

さらに、孫八が訊いた。

「船頭だと言ってやしたが、どうですかね。あまり仕事には行かねえようだし、ちかごろちょくちょくうろんな牢人者が出入りしてるようだし、近所の者は怖がって近付かねえようにしてやすよ」

親爺が顔をしかめて言った。

「牢人者な」

孫八は、犬山だと確信した。豊六と犬山は、この家で右京を襲う相談をしているのかもしれない。

それから、孫八は他に出入りする者がいるか訊いたが、親爺は首をひねった。牢人の他に、目にしたことはないようだった。

「手間を取らせちまったな」

孫八は八百屋の店先から離れた。それ以上訊くこともなかったのである。

第五章　元締め

1

油堀の水面にさざ波が立っていた。水面を渡ってきた風が、岸辺に群生した蓬《よもぎ》や大葉子《おおばこ》などの葉叢《はむら》を揺らしていた。風が強く吹くと葉が裏返り、その表裏の色の違いから、波立っているように見える。

陽は西の家並の向こうに沈みかけていたが、まだ空は青く、通りも掘割も明るかった。暮れ六ツ（午後六時）までには、まだ、小半刻（三十分）はあろうか。

その油堀沿いに、右京と平兵衛が立っていた。狭い空き地があり、笹藪でおおわれていた。その陰に身をひそめていたのである。

「助太刀はいらぬか」

平兵衛が、念を押すように訊いた。

この日、右京、平兵衛、孫八の三人は、犬山を始末するために来ていた。いま、孫八は豊六の塒に犬山がいるかどうか確認のために、この場を離れている。

孫八が豊六が塒にしている借家をつきとめて三日経っていた。この間、孫八は借家を見張り、犬山が姿をあらわすのを待っていた。豊六を泳がせて、殺し人である犬山を先に始末するためである。

そして、今日、一刻（二時間）ほど前に、孫八が平兵衛と右京の待機していた相生町の長屋に、犬山が姿をあらわしたことを知らせに来たのである。

「ひとりで立ち合ってみますよ」

右京は抑揚のない声で言った。

相手が犬山ひとりなら、右京は殺し人として平兵衛の手を借りたくなかったのだ。平兵衛を同行したのは、犬山といっしょに殺し人の絵島や定次郎がいることを想定したためである。

「分かった」

平兵衛も、それ以上は言わなかった。

右京は殺しのおり、助太刀を頼むことを好まなかった。己ひとりの剣で、決着をつけたいという思いが強いせいだろう。

ただ、平兵衛は右京を死なせたくなかった。まゆみが、泣くであろう。平兵衛は立ち合いの様子を見て、右京の身があやうくなれば、助太刀に入るつもりでいた。

「豊六はどうします」

右京が訊いた。

「できれば、しばらく泳がせておきたいのだがな」

まだ、絵島と定次郎の住処《すみか》は分かっていなかったし、肝心の元締めの姿も見えてこないのだ。豊六は、絵島たちや元締めを手繰る大事な糸だった。ただ、犬山が豊六の塒からいつまでも出てこなければ、借家に踏み込んでふたりを斬らねばならないかもしれない。

平兵衛と右京が、そんなやり取りをしているところへ、孫八がもどってきた。

「どうだ、犬山はいるか」

平兵衛が訊いた。

「へい、ふたりいやした」

孫八によると、家のなかからふたりで話す声が聞こえたという。

「一杯《いっぺえ》やってるようでしたぜ」

「もうしばらく待つか」

平兵衛が空を見上げて言った。

まだ、西の空に残照がひろがっていた。辺りは、淡い鴇色《ときいろ》に染まっている。油堀沿いの道にも、ちらほら人影があった。

「あっしは、もう一度見てきやす」

そう言い残し、孫八は笹藪の陰から通りへ出ていった。こうしている間も、犬山と豊六が動くかもしれないのだ。

小半刻ほどすると、上空は藍色を帯び、西の空の残照が黒ずんできた。通り沿いの表店は店仕舞いし、人影もほとんどなくなった。油堀沿いを、淡い夕闇がつつんでいる。

「塒に踏み込みますか」

右京が言った。これ以上、暗くなると、家に押し入って討つのは難しくなるだろう。

「そうだな」

平兵衛もこの機を逃す手はないと思った。

そのとき、通りに目をやっていた右京が、

「孫八が来ました」

と、声を殺して言った。

孫八が走ってくる。犬山と豊六に何か動きがあったのかもしれない。

「き、来やすぜ、犬山が」

孫八が荒い息を吐きながら言った。

「ひとりか」

「へい」

孫八によると、犬山がひとりで戸口を出たのを見てから、駆け付けたという。

「犬山は、わたしが斬る」

右京はすばやく袴の股立《ももだち》を取った。

通りの先に、人影があらわれた。総髪で、大刀を一本落とし差しにしていた。犬山である。犬山は懐手をして飄然と歩いてくる。

油堀沿いの通りは、濃い暮色に染まっていたが、立ち合いに支障があるほどの暗さではなかった。

犬山の姿が、しだいに近寄ってきた。面長で細い目、表情のないぬらりとした顔をしていた。陰湿で酷薄な感じがする。

右京は犬山が十間ほどに近寄ったとき、笹藪の陰から通りへ出た。

犬山が足をとめた。一瞬、顔に驚いたような表情が浮いたが、すぐに表情を消し、ゆっくりとした足取りで歩いてきた。

犬山は五間ほどの間合を取って、足をとめると、

「片桐右京か」

と、くぐもった声で誰何《すいか》した。細い双眸が、射るように右京を見つめている。

「いかにも。おぬしは、犬山泉十郎だな」

右京は左手で刀の鍔元を握り、鯉口を切った。

「よく、おれのことが分かったな」

「ここは、深川だ」

「おぬしらの縄張《しま》というわけか」

犬山も左手で鯉口を切った。

そのとき、平兵衛が笹藪の前まで出てきた。十間ほど間合を取って足をとめ、犬山を直視した。

「あの爺さんは？」

犬山が怪訝な顔をした。豊六から右京と平兵衛がいっしょに帰ったことは、耳にしたはずだが、頼りなげな老爺だったので、右京の仲間とは思わなかったのかもしれない。

「わしは、安田平兵衛だ」

平兵衛が、くぐもった声で言った。

「人斬り平兵衛か！」

犬山が驚愕に目を剝いた。

「そう呼ばれることもある」

「平兵衛と、ふたりがかりか……」

犬山の顔から血の気が引いた。面長のぬらりとした顔に恐怖の色が浮いている。

「わしは、手を出さぬ。検分役だよ」

そう言うと、平兵衛は両手をだらりと垂らした。刀を抜く、気配を消したのである。

2

「行くぞ！　犬山」

右京が抜刀した。

「やるしかないようだな」

犬山も抜いた。

ふたりの間合は、およそ五間。右京は切っ先を敵の目線につける青眼に構えた。対する犬山は下段である。

犬山は切っ先が地面に付くほど低い下段にとった。両肩を下げ、足元に刀身を垂らすような構えである。全身に覇気がなく、死人のように立っている。

だが、右京は犬山の異様な殺気を感知していた。死人のような身構えから、痺《しび》れるような殺気が放たれている。多くの人を斬ってきた者の放つ陰湿で冷酷な殺人剣の殺気である。

……こやつ、手練《てだれ》だ。

一瞬、右京は冷たい物で背筋を撫でられたような気がして身震いした。だが、恐怖や怯えではない。剣客が遣い手と出会ったときの気の昂《たかぶ》りである。

身震いが収まると、右京はすぐに平静さを取りもどした。腰が浮いたり、剣尖が揺れたりしなかった。気の乱れもない。

つ、つ、と犬山が間合をせばめ始めた。下から突き上げてくるような威圧がある。

対する右京は微動だにしなかった。気を鎮めて、犬山の斬撃の起こりをとらえようとしていた。

ジリジリと間合がつまってきた。しだいに、ふたりの全身に気勢が満ち、剣気が高まってくる。

気合も息の音も聞こえなかった。時のとまったような静寂と身を縛るような緊張がふたりをつつんでいる。

一足一刀の間境《まざかい》の半歩手前で、犬山が寄り身をとめた。そして、さらに全身に気勢を込め、斬撃の気を見せた。気攻めで右京の心を乱し、構えをくずそうとしたのだ。

だが、右京は動かなかった。全身に気魄《きはく》を込めて、犬山の気攻めに耐えている。

数瞬が過ぎた。ふたりの間の剣気が高まり、極限に達しようとしていた。

潮合いである。

ピクッ、と犬山の切っ先が動いた。

刹那《せつな》、犬山の全身に斬撃の気がはしり、犬山の体が伸び上がったように見えた。

次の瞬間、

タアッ！

裂帛《れっぱく》の気合と同時に犬山の体が躍動し、足元から閃光がはしった。

間髪をいれず、右京の体が反応した。

犬山が下段から刀身を返しざま撥ね上げた。右京の青眼に構えた籠手《こて》を狙ったのである。

右京は、咄嗟に後ろに跳びながら、袈裟に斬り下ろしていた。

二筋の閃光が空を切った。

ふたりとも、敵の初太刀をかわしたのである。

次の瞬間、ふたりは二ノ太刀をふるった。神速の連続技である。

犬山が袈裟へ。

右京は相手の胸元を突くように籠手をみまった。

ザクッ、と右京の肩先が裂けた。あらわになった肌に血の線がはしり、血がほとばしり出た。

犬山が体勢をくずし、後ろへよろめいた。右腕が、皮を残して垂れ下がっている。

右京の一撃が、骨ごと截断したのだ。截断口からの噴血が、垂れた手をつたい、ダラダラと流れ落ちている。

「おのれ！」

犬山が体勢を立て直し、左手だけで刀身を振り上げた。目をつり上げ、歯を剥き出している。憤怒《ふんぬ》の形相《ぎょうそう》である。

犬山は右京に迫ってきたが、振り上げた刀身はワナワナと震え、腰もふらついていた。

イヤアッ！

喉の裂けるような気合を発し、犬山が斬り込んできた。

だが、斬撃に鋭さがなかった。刀身を振り下ろしただけである。

右京は脇に跳んで、犬山の斬撃をかわしざま胴を払った。

ドスッ、というにぶい音がし、犬山の上体が前にかしいだ。右京の払い胴が、犬山の腹を深くえぐったのである。

犬山は低い呻き声を洩らしながら前に泳ぎ、足をとめると、膝を折ってうずくまった。腹が裂け、着物が蘇芳《すおう》色に染まっている。

「とどめだ」

右京は犬山の背後にまわり、背中から心ノ臓を狙って刀身を突き刺した。

一瞬、犬山は喉のつまったような悲鳴を上げて身をのけぞらせたが、顎から前につっ込むような格好でうつぶせに倒れた。

犬山は伏臥したまま、モソモソと肢体をくねらせていたが、いっときすると動かなくなった。全身血まみれである。

右京は刀身をひっ提げたまま、犬山に視線を落としていた。表情は動かなかったが、白皙にかすかに朱がさし、唇が赤みを帯びていた。人を斬って、気が昂《たかぶ》っているのである。

だが、すぐに潮が引くように右京の昂りは収まり、顔の朱も消え、ふだんの憂いをふくんだような面貌《おもて》にもどっていく。

右京は犬山の脇に屈み、血濡れた刀身を犬山の袂でぬぐった。

そこへ、平兵衛と孫八が駆け寄ってきた。

「右京、肩の傷は」

平兵衛が、血に染まっている右京の肩先に目をやって訊いた。

「かすり傷です」

右京は立ち上がって苦笑いを浮かべた。

「手当しておいた方がいいな」

かすり傷ではなかった。皮肉を裂かれただけらしいが、出血は多かった。

平兵衛は右京の着物の肩先をさらに裂いて、肩をむき出しにした。二寸の傷口から血が流れ出ている。平兵衛は、すばやく懐から手ぬぐいを出して折り畳み、傷口に当てた。その手ぬぐいが見る間に血に染まっていく。

平兵衛は、血に染まっている手ぬぐいに目をやりながら、

……強くなったな。

と胸の内でつぶやいた。安堵と同時に頼もしさも感じた。ただ、胸の内には危惧もあった。どんなに腕が立っても、殺し人はいつ殺されるかしれないのである。

「旦那、こいつも使ってくだせえ」

そう言って、孫八は手ぬぐいを平兵衛に手渡した。

「すまんな」

平兵衛は、手ぬぐいを右京の腋の下にまわして強く縛った。

傷口が圧迫され、多少出血が収まったようである。

「大事あるまい」

平兵衛は、しばらくすれば出血もとまるだろうと思った。

すでに、辺りは濃い夕闇につつまれていた。油堀沿いの通りは人影もなく、ひっそりとしていた。堀の水面に立ったさざ波が汀に寄せ、さらさらと笹を振ったような音をたてている。

平兵衛たち三人は、犬山の死体を笹藪の陰に引き込んでからその場を離れた。夕闇のなかを歩く平兵衛たちの身辺に、血の臭いがまとわりついている。

3

孫八と嘉吉は、油堀の岸辺の石段の陰にいた。そこは桟橋につづく短い石段で、斜め前に豊六の塒である借家の戸口が見える。ふたりは、八ツ半（午後三時）ごろから陽が沈んで辺りが夕闇につつまれるころまで、この場に来て豊六の動きを見張っていた。

ふたりで見張ることにしたのは、豊六の塒へだれか訪ねてきて、複数の者が外出しても対応できるようにしたのである。

「豊六のやつ、動かねえな」

孫八が借家の戸口に目をやりながら言った。

すでに、ふたりがこの場で見張るようになって三日経っていた。豊六は犬山が斬殺されたことも気付いているはずだが、動かなかった。ときおり、近くのそば屋や一膳めし屋などにめしを食いに出かけるだけである。

「犬山が殺られたのを知って、かえって用心してるのかもしれやせんぜ」

嘉吉が言った。

「そうだな」

すでに陽は沈み、暮れ六ツの鐘も鳴っていた。油堀沿いの通りは店仕舞いし、人影もまばらだった。ときおり、居残りで仕事をしたらしい職人や飲みにでも出かけるらしい遊び人ふうの男などが、足早に通り過ぎるだけである。

「おい、やつを見ろ」

孫八が足早に借家に近付いてくる男を指差した。

小柄で猫背だった。手ぬぐいで頬っかむりし、棒縞の小袖を裾高に尻っ端折りしている。仕事帰りには見えなかった。それに、遊び人ふうでもない。

「あいつ、店に押し込んできたひとりだぞ」

嘉吉が身を乗り出すようにして男を見つめた。

男は彦助だった。嘉吉も孫八も、彦助の名は知らない。

「覚えてるのか」

「面《つら》は分からねえが、あの体付きは覚えている」

「まちげえねえ。やつも絵島たちの仲間だ」

ふたりで、そんなやり取りをしている間に、彦助は借家の戸口まで来た。戸口の前で足をとめると、通りの左右に目をやってから、引き戸をあけて家へ入った。

「どうしやす」

嘉吉が孫八に目をむけて訊いた。

「待つしかねえ。家に入《へえ》ったやつが出てきたら尾けるんだ」

孫八は猫背の男を尾ければ、絵島たちの隠れ家が分かるのではないかと思った。

小半刻ほど経つと、辺りはだいぶ暗くなってきた。東の空には弦月がかがやき、上空には星のまたたきも見えた。油堀沿いの道には、まだうっすらと明るさが残っていたが、しばらく経てば夜陰につつまれるだろう。

「孫八さん、出て来たぜ」

嘉吉が小声で言った。

表の引き戸があいて、人影が出て来た。さきほど家に入った彦助である。

「もうひとり出て来たぞ」

彦助につづいて、豊六も戸口から出てきた。

ふたりは通りへ出ると、肩を並べて大川の方へ歩きだした。

「尾けるぜ」

孫八は、豊六たちふたりが半町ほど遠ざかったとき、石段を上がって通りへ出た。

嘉吉も、すぐ後につづいた。

尾行は楽だった。孫八と嘉吉は闇に溶ける黒っぽい身装《みなり》で来ていたし、足音は掘割の水が岸辺に寄せる音で消してくれたからである。

豊六たちは大川端へ出ると川下へ向かい、永代橋を渡り始めた。

「やつら、川向こうへ行くつもりですぜ」

嘉吉が小声で言った。

「そのようだな」

隠れ家は深川や本所ではないようだ、と孫八は思った。

豊六たちは、日本橋川沿いの道を川上に向かい、米蔵のある入堀の手前を右手にまがった。そこは小舟町である。

豊六たちは、掘割沿いの通りをいっとき歩き、料理屋に入った。

孫八と嘉吉は店先に近寄った。老舗《しにせ》らしい店で、玄関脇に小ぶりな梅と南天が植えてあった。籬《まがき》とちいさな石灯籠も置いてある。

「柳屋ってえ店ですぜ」

嘉吉が小声で言った。

玄関脇の掛け行灯に、柳屋と記されていたのである。

「飲みに来たんじゃァねえな」

孫八は、豊六たちが慣れた様子で入っていったのを見て、何度か来たことのある店だろうと推測したのだ。

「客はあまりいねえようですぜ」

店の障子は明らんでいたが、静かだった。宴席から洩れてくる華やいだ談笑の声は聞こえてこなかった。

「嘉吉、離れるぜ」

店先でうろうろしていて店の者に見咎《みとが》められ、豊六たちの耳に入ったら尾けてきた苦労が水の泡になる。

孫八は柳屋の店先から離れたところで足をとめ、

「今日のところは、これまでだな。明日、柳屋を洗うんだ」

と、嘉吉に言った。

嘉吉は目をひからせて無言でうなずいた。

翌日、午後になってから孫八と嘉吉は、ふたたび小舟町に足を運んできた。ふたりは手分けして柳屋のある掘割沿いの通りを歩き、話の聞けそうな小店に立ち寄って聞き込んだ。その結果、柳屋にかかわることは、あらかた知れた。

あるじの名は、団蔵。二年ほど前、左前になった柳屋を安く居抜きで買い取り、そのまま商売をつづけているという。店はあまり繁盛していないそうで、奉公人は通いの女中がふたり、下働きの年寄りがひとり、それに板場に包丁人と見習いがいるだけだという。

これは、孫八が聞き込んだことだが、柳屋にはうろんな牢人や遊び人ふうの男が出入りし、近所の店もかかわりを持たないように付き合いを避けているそうだ。

孫八は、柳屋が絵島たちの隠れ家だと確信した。あるじの団蔵が、殺し人たちの元締めかもしれない。

4

孫八と嘉吉は、その日のうちに柳橋の一吉にもどり、島蔵と吉左衛門に豊六を尾けたことから、柳屋をつきとめたことまでをかいつまんで話し、

「あるじは、団蔵という男でさァ」

と、言い添えた。

話を聞いていた吉左衛門が虚空を睨むように見すえていたが、

「団蔵という名を聞いたことがある」

と、言い出した。

「殺し人の元締めか」

島蔵が身を乗り出して訊いた。

「いや、殺し人だったはずだが……。ただ、もう十年ほども前のことだ。それに、品川弥左衛門の手飼いの殺し人だと聞いているぞ」

「なに、弥左衛門の！」

島蔵が驚いたように声を上げた。

「狙った相手を、すれちがいざま匕首で仕留めるそうだよ。……ただ、いまはいい歳だろうな」

「おい、やつら、弥左衛門の仇《かたき》討ちをするつもりじゃァねえのか。そうでなけりゃァ、端から極楽屋の殺し人の命を狙ったり、店に踏み込んできたりしねえはずだぜ」

島蔵が大きな目をひからせて言った。

「そういえば、日本橋の料理屋を隠れ家にして手飼いの殺し人たちを付近に住まわせ、次々に仕掛けてくるやり方は、弥左衛門とそっくりだな」

吉左衛門の言うとおりだった。

弥左衛門は品川から手飼いの殺し人を連れて、日本橋小網町にあった三浦屋《みうらや》という料理屋を隠れ家にして、島蔵たち極楽屋の殺し人たちに挑んできたのだ。小舟町と小網町。隠れ家の場所も近くである。

「まちげえねえ、団蔵は品川で弥左衛門の縄張を引継ぎ、元締めに収まったんだ」

「そうかもしれねえな」

吉左衛門がうなずいた。

「やつらの狙いは、おれたちの縄張を奪うだけじゃァねえ。弥左衛門の仇を討つつもりなんだ」

島蔵が声を大きくして言った。

いっとき、島蔵と吉左衛門は虚空に視線をとめて黙考していた。孫八と嘉吉も口をつぐんでいる。

「元締め、それで柳屋に踏み込みやすかい」

孫八が、口をひらいた。

「それで、柳屋には絵島や定次郎もいるのか」

島蔵が訊いた。

「いや、殺し人はいねえ。柳屋に寝泊まりしているのは、団蔵だけでさァ」

孫八によると、はっきりしないが、通いの女中や下働きの男が帰った後、店に残るのは団蔵と包丁人ぐらいだろうという。

「団蔵を殺って、絵島と定次郎に逃げられたら面倒だな」

絵島と定次郎は団蔵が殺されたことを知れば、塒から姿を消すだろう。そのまま、江戸から逃げてくれればいいが、骨のある殺し人なら江戸市中に潜伏し、島蔵や殺し人たちの命を執拗《しつよう》に狙いつづけるだろう。

「このさい、絵島と定次郎も始末してえ。そうでねえと、極楽屋にもどっても、枕を高くして寝られねえからな」

島蔵がそう言うと、吉左衛門も、

「わたしも、絵島や定次郎を残さない方がいいと思いますよ。団蔵より、絵島たちの方が厄介かもしれないからね」

と、低い声で言い添えた。

「元締め、そういうことなら、あっしらが、絵島と定次郎の隠れ家をつきとめやすよ」

孫八が嘉吉と顔を見合わせて言った。

「できるか」

「柳屋と豊六の塒を見張れば、顔を出すはずでさァ」

「よし、ふたりに頼む」

島蔵が声を強くして言った。

翌日から、孫八と嘉吉は二手に分かれた。孫八が柳屋、嘉吉が豊六の塒に張り込んだのである。

先に嘉吉が定次郎の塒をつかんできた。豊六の許にあらわれた定次郎の跡を尾けて分かったのである。定次郎は、小舟町からそれほど遠くない日本橋長谷川町《はせがわちょう》の棟割り長屋に身をひそめていた。

嘉吉が定次郎の塒をつかんでから三日後だった。今度は、孫八が絵島の隠れ家をつきとめた。柳屋にあらわれた絵島の跡を尾けてつかんだのである。

絵島の隠れ家は、神田平永町《ひらながちょう》の借家だった。そこに、絵島は彦助という男と住んでいた。孫八は彦助の姿を見て、豊六の家へあらわれた小柄で猫背の男であることを思い出した。極楽屋を襲ったひとりである。おそらく、手引き人であろう。

孫八と嘉吉から報《し》らせを受けた島蔵は、

「同じ日に、仕掛けよう」

と、肚をかためた。

すぐに、平兵衛、右京、朴念の許に孫八と嘉吉が走った。

翌日、笹屋に集まったのは、極楽屋の殺しにかかわる六人の男である。平兵衛、右京、朴念、孫八、島蔵、嘉吉である。

まず、島蔵は、あらためて団蔵の素性から話し始め、敵の元締めが団蔵であり、柳屋のあるじであることなどを話した。つづいて、孫八と嘉吉が、絵島と定次郎の隠れ家をつかんだことを言い添えた。

「日を置かずに、三人を始末してもらいてえ」

島蔵が、集まった男たちに視線をまわして言った。

「承知した」

平兵衛が言うと、右京と朴念もうなずいた。

「それで、だれが、だれを殺る」

島蔵が訊いた。

「わしに、絵島を殺らせてくれ」

平兵衛が、重いひびきのある声で言った。

絵島は剣の遣い手である。絵島を始末するとなると、平兵衛か右京ということになるが、すでに右京は犬山を斬っていた。次は平兵衛が剣をふるう番である。

「安田の旦那に、絵島はまかせよう」

島蔵が言った。

「ただ、四、五日、わしに間をくれ」

平兵衛は、絵島の腕のほどを自分の目で確かめたかった。その上で、どうやれば斬れるか、平兵衛なりに工夫した上で仕掛けたいのである。

「分かっている。旦那は、いつもそうだからな」

島蔵は、平兵衛が相手の腕を確かめ、斬れると踏んだ上で仕掛けることを知っていたのだ。

「おれが、定次郎を殺ろう」

朴念が野太い声で言った。

「となると、おれは元締めの団蔵か」

右京が小声で言った。

「団蔵も殺し人だった男で、匕首を巧みに遣うそうだぞ」

島蔵が右京に目をむけて言った。

「油断はすまい」

「よし、これで話はついた。今夜はゆっくり飲んでくれ」

めずらしく、島蔵が顔に笑みを浮かべて言った。

5

平兵衛は、本所番場町《ばんばちょう》にある妙光寺《みょうこうじ》の境内にひとり立っていた。

妙光寺は無住の小寺だった。境内も狭かったが、鬱蒼《うっそう》と枝葉を茂らせた杉や樫《かし》などの杜《もり》がかこっており、人目を避けて剣の手直しや工夫をするのには、都合のいい場所だった。

平兵衛は殺しを仕掛ける前、妙光寺に通って真剣や木刀を振ることが多かった。まず、老いて硬くなった体をほぐし、剣をふるう動きを思い出させるのだ。

この歳になると、若いころの強靭《きょうじん》な体を取り戻すことはできないが、真剣や木刀を振ることで、しだいに真剣勝負の勘と一瞬の反応がよみがえってくる。

平兵衛は筒袖に軽衫という普段着で来ていた。手にしているのは、愛刀の来国光《らいくにみつ》、一尺九寸である。

来国光は身幅のひろい剛刀だった。定寸の刀より、三、四寸短いのは、小刀の動きを取り入れるために、平兵衛が刀身を截断《せつだん》したためである。

ふだん、来国光は庄助長屋の長持《ながもち》のなかにしまってあった。殺しのときだけ、遣うのである。

平兵衛は来国光をしばらく上段から振り下ろした後、逆八相に構えて袈裟に斬り下ろす、素振りを繰り返した。

平兵衛は若いころ、金剛《こんごう》流という剣術を修行した。金剛流は富田《とだ》流小太刀の流れをくむ流派で、剣だけでなく槍、薙刀《なぎなた》なども教授していた。

平兵衛の出自は五十石取りの御家人だったが、父が些細《ささい》なことで上役を斬り、家が潰れてしまった。その後、行き場を失った平兵衛は、極楽屋に流れ着き、殺しに手を染めるようになった。そして、多くの人を斬殺し、闇の世界で人斬り平兵衛と恐れられるほどになったのである。

平兵衛は「虎《とら》の爪《つめ》」と称する必殺剣を身につけていた。殺しの実戦を通して会得した一撃必殺の剣である。

まず、逆八相にとってから、刀身を寝かせて左肩に担ぐように構える。そして、敵の正面に一気に間合《ひ》を寄せるのだ。

すると、敵は退くか、真っ向に斬り込んでくるしかなくなる。退けば、さらに間合をつめて袈裟に斬り込む。真っ向にくれば、刀身を撥ね上げて敵の斬撃をはじき、刀身を返しざま袈裟に斬り落とすのである。

鋭い袈裟斬りの一撃は、敵の右肩から入り、鎖骨と肋骨を截断して深く食い込む。ときには、敵の体を斜《はす》に両断して左脇腹に抜けることすらある。そして、傷口が大きくひらき、截断された骨が猛獣の爪のように見えるのだ。そのことから、虎の爪と呼ばれるようになったのである。

平兵衛は素振りを終えると、虎の爪の太刀筋で真剣を振った。何度か繰り返すうち、平兵衛の顔に汗が浮き、息が荒くなってきた。

小半刻ほど、虎の爪の太刀筋で真剣を振ったとき、孫八が山門をくぐって平兵衛のそばに近付いてきた。

「やっぱりここでしたかい」

孫八が声をかけた。

平兵衛は刀を下ろし、額の汗を手の甲でぬぐいながら、

「と、歳には、勝てんわ」

と、喘《あえ》ぎながら言った。心ノ臓が、早鐘のように鳴っている。

孫八は平兵衛の息が収まるのを待ってから、

「旦那、絵島は平永町の借家にいやすぜ」

と、声をひそめて言った。

平兵衛は孫八と組んで、絵島を始末することになっていた。もっとも、斬殺するのは平兵衛で、孫八は手引き役である。

笹屋で平兵衛が絵島を始末することになった後、孫八に絵島が家にいるかどうか知らせてくれと頼んだのだ。ところが、どういうわけか平永町の借家は二日ほど留守だった。そして、いま、孫八が絵島がいることを知らせに来てくれたのである。

「どうしやす」

孫八が訊いた。

「ともかく、絵島の腕を見てからだな」

平兵衛は来国光を鞘に納めた。これから、平永町まで行ってみるつもりだった。

すぐに、平兵衛と孫八は平永町にむかった。大川端沿いの道を川下に歩き、両国橋を渡って柳原《やなぎわら》通りへ出た。

柳原通りを西に歩き、筋違御門《すじかいごもん》の手前を左手にまがれば、平永町はすぐである。

表通りから小体な店や表長屋などがつづく細い路地に入って、一町ほど歩いたところで孫八が足をとめた。

「旦那、あれが、絵島の塒でさァ」

孫八が路地の突き当たりの家を指差した。

板塀をめぐらせた仕舞屋である。古い家屋だが、それほどちいさな家ではなかった。部屋が三間はありそうだった。それに、庭もある。庭といっても、久しく手入れされた様子はなかった。雑草でおおわれ、庭の隅に植えてある梅と松、それに百日紅《さるすべり》には、久しく植木屋の手が入っていないらしく、枝葉が繁茂して樹形がくずれていた。

「絵島に気付かれずに、覗けるか」

平兵衛は、絵島の体付きと挙措《きょそ》を見てみたかった。それで、ある程度腕のほども推測できる。

「板塀の隙間から覗けば、気付かれないはずでさァ」

孫八が、こっちに来てくだせえ、と言って、平兵衛を連れていった。

6

節穴から覗くと、正面に庭が見えた。ただ、板塀沿いに松が枝葉を茂らせていて、家の一部しか見えなかった。

家のなかには、絵島がいるようである。床を踏む足音や障子を開け閉めする音が聞こえてきた。

……おや？

と、平兵衛は思った。雑草におおわれた庭のなかで、縁側に近い地面があらわになっていたのだ。付近の雑草が擦り切れたようになっている。

……稽古の痕《あと》だな。

そこで、素振りや刀法の稽古などをしているのだろう。木刀や真剣を振ったために雑草が擦《こす》れ、地面があらわれたのだ。長期間、稽古をつづけているにちがいない。絵島であろう。この場で、絵島が連日、木刀か真剣を振っているとみていいのではあるまいか。

「旦那、いつ出てくるか、分かりませんぜ」

孫八が声をひそめて言った。

「承知している」

かといって、声をかけるわけにはいかなかった。平兵衛は、まだ絵島と顔を合わせたくなかったのだ。

平兵衛たちが、その場に身をひそめて半刻（一時間）ほど過ぎた。すでに、陽は西の空にまわり、庭の雑草や縁側の先の障子を淡い蜜柑色に染めている。

平兵衛は窮屈な格好をしていたので腰が痛くなった。立ち上がって腰を伸ばそうと思ったとき、縁側の先の障子があいた。顔を出したのは。巨漢の男だった。

「絵島ですぜ」

孫八が小声で言った。

絵島は首を突き出すようにして、庭に目をやった。眉が濃く、頤《おとがい》の張った傲岸《ごうがん》そうな面構《つらがま》えである。

絵島は庭に目をやると、すぐに顔をひっこめてしまった。ただ、障子はあいたままだった。姿が消え、床を踏むような音が聞こえた。

ガラリ、と障子があいた。ふたたび姿を見せた絵島は、手に黒鞘の大刀を持っていた。刀を取りに、座敷にもどったようだ。素振りをするつもりなのか、袴の股立を取っている。

……腕のほどが、分かるぞ。

真剣を振る姿を見れば、ある程度絵島の腕が読めるだろう。

絵島は縁先から庭へ下りた。そして、雑草の禿《は》げた場所に立つと、ゆっくりと真剣を振り始めた。腰の据わったどっしりとした青眼の構えから、上段に振りかぶり正面に振り下ろす。

ビュッ、ビュッ、と大気を裂く音が聞こえた。

……できる！

平兵衛は息を呑んだ。

大きな構えからの太刀捌《さば》きが迅い。しかも、太刀筋にすこしの乱れもなかった。

平兵衛の指先が、かすかに震えだした。殺しの相手を目前にすると、きまって体が顫《ふる》えだすのだ。殺し人の本能かもしれない。

絵島はしばらく素振りをすると、刀身を下ろし、手の甲で顔の汗をぬぐった。一息つくと、今度は青眼に構えたまま動きをとめた。全身に気勢がみなぎっている。

絵島は脳裏に仮想の敵を描いて、切っ先をむけているのだ。

ピタリ、と切っ先がとまっている。どっしりと腰が据わり、構えに隙がなかった。対峙していれば、その威圧で身が竦《すく》んだかもしれない。

思わず、平兵衛は身震いした。自分が、絵島に切っ先をむけられているような気がしたのだ。

……どう、くる。

平兵衛は絵島の構えを直視した。

絵島は、グイと踏み込みざま真っ向へ斬り込んだ。迅雷のような斬撃である。と、真っ向から右手へ跳び、胴を払った。

迅い！

神速の連続技である。平兵衛の目には、その太刀筋が見えたが、尋常の者の目には映らなかっただろう。

瞬間、平兵衛の顔がゆがんだ。絵島に胴を抉《えぐ》られたような気がしたのである。

ふたたび、絵島は青眼に構えた。切っ先を敵の目線につけている。どっしりとした巌《いわお》のような構えである。

平兵衛の両腕が激しく震えだした。足も震えている。いつもそうである。強敵を前にすると、恐怖と異様な気の昂りで体が激しく顫えだすのだ。

「だ、旦那、でえじょうぶですかい」

孫八が不安そうな顔で訊いた。

孫八も、平兵衛が真剣勝負の前に体が顫えだすことを知っていたが、いまは敵の腕を見にきただけである。それに、いつもより顫えが激しい。

「わしの体が、絵島は強いと教えているのだ」

平兵衛は、絵島を見すえたまま言った。

「へえ……」

孫八は顔をこわばらせたまま口をつぐんだ。

いつの間にか、庭は夜陰につつまれていた。絵島が、真剣を振り始めて一刻（二時間）ほど過ぎたであろうか。辺りは夜の静けさにつつまれている。

絵島はゆっくりと納刀した。そして、ひとつ大きく息を吐くと、頭上の星空を見上げた。絵島の顔に浮いた汗が、星明かりで仄白《ほの》くひかっている。剣客らしいひきしまった顔をしていた。

絵島は縁側から座敷へもどった。いっときすると、座敷の行灯に火が入ったらしく、障子がほんのりと明らんだ。

「引き上げよう」

平兵衛は腰を伸ばした。

闇に目をむけた平兵衛の双眸が、底びかりしている。いつもの頼りなげな老爺の顔ではなかった。人斬り平兵衛と恐れられている殺し人の顔である。

第六章　虎の爪

1

妙光寺の境内をかこった杉や樫が、風でざわざわと揺れていた。茜《あかね》色の空に浮いた黒雲が、流れるように過ぎていく。

平兵衛はひとり境内に立っていた。筒袖に軽衫という、動きやすい身装《みなり》で、足元は草鞋《わらじ》履きでかためている。平兵衛は来国光を手にし、虎の爪の構えである逆八相にとっていた。対峙しているのは、脳裏に描いた絵島である。

絵島は青眼に構え、切っ先をピタリと平兵衛につけている。剣尖には、そのまま目を突いてくるような威圧があった。巌《いわお》のような構えである。

絵島との間合は、およそ四間。まだ、斬撃の間からは遠い。

平兵衛が先にしかけた。

鋭い気合を発しざま疾走し、一気に絵島との間合をつめた。猛虎を思わせるような果敢《かかん》で、素早い寄り身である。

だが、絵島は身を引かなかった。わずかに、剣尖を上げただけである。

イヤアッ！

裂帛の気合と同時に、絵島が真っ向へ斬り込んできた。迅雷の斬撃である。

オオッ！

と気合を発し、腰を沈めて刀身を撥ね上げた。

甲高い金属音がひびき、ふたりの刀身がはじき合った。次の瞬間、ふたりはほぼ同時に二ノ太刀をふるった。

平兵衛は袈裟へ。虎の爪の太刀捌きである。

絵島は胴へ。咄嗟に、刀身を横に払ったのだ。

……斬れた！

と、平兵衛は感知した。

だが、絵島を斃《たお》したとは思えなかった。己の袈裟斬りが敵をとらえてはいたが、ほぼ同時に胴に敵刃をあびていたような気がしたのだ。

……相打ちか。

もうすこし、初太刀を迅くせねば、だめだ、と平兵衛は感じた。初太刀を迅くして、敵の体勢をくずすのである。そうすれば、敵の二ノ太刀は遅れるはずだ。

平兵衛は、ふたたび絵島を脳裏に描いて相対した。そして、虎の爪の構えをとり、鋭い寄り身から斬り込んだ。

平兵衛は繰り返し繰り返し、つづけた。次第に息が上がり、手足がワナワナと震えてきた。老体には、虎の爪の一気の疾走はこたえるのである。

それでも、平兵衛は刀を下ろさなかった。斬れる、という実感が得られるまで、やめるわけにはいかなかった。

そのとき、山門の方に足音が聞こえ、近付いてくる孫八と右京の姿が見えた。

……一休みするか。

平兵衛は刀を納めた。

「やはり、ここでしたか」

右京が言った。顔に心配そうな表情がある。平兵衛が何のためにここに来ているか、右京は分かっていたのだ。そして、平兵衛の汗まみれの姿を見て、絵島を斬る自信を持てないでいることを察知したのである。

「この歳になっても、まだ悪足掻《あが》きしておる」

平兵衛が、苦笑いを浮かべて言った。

「義父上《ちちうえ》、わたしも連れていってください」

右京は、平兵衛を義父上と呼んだ。右京は、平兵衛のことを仲間の殺し人ではなく義父とみて、助太刀を申し出たのだ。

「右京は、柳屋で団蔵を討たねばなるまい」

踏み込むのは、明後日の払暁《ふつぎょう》ということになっていた。右京が平兵衛といっしょに行けば、柳屋に踏み込むのは島蔵と嘉吉ということになる。右京がいなければ、返り討ちに遭うかもしれない。

「団蔵は夜のうちに始末し、未明には、平永町に駆けつけますよ」

「いや、それはまずい。料理屋とはいえ、夜中に踏み込むのはあぶない。それに、夜中だと、逃げられる恐れがあるぞ」

夜陰に閉ざされた他人の家屋敷に踏み込むのは、危険だった。どこで、待ち伏せされているか分からないのである。それに、平兵衛は自分のために団蔵を取り逃がすようなことにでもなれば、それこそ立場がないと思った。

「右京、わしはこの歳だ。それほど惜しい命ではない。それに、絵島はわしの手で斬ると決めたのだ。好きなようにやらせてくれ」

平兵衛の声は静かだったが、重いひびきがあった。

「それほどまでに言われるなら、わたしは柳屋で団蔵を始末することに専念しますよ」

右京は仕方なさそうに言った。

「そうしてくれ」

平兵衛は笑みを浮かべ、右京にうなずいてみせると、孫八に顔をむけ、

「また、いつものように頼めるかな」

と、訊いた。

「酒ですかい」

「そうだ」

平兵衛は殺しに取りかかる前、己の気を鎮めるために酒を飲むことが多かった。いつも、孫八が酒を用意してくれていたのだ。

「さて、それでは、もうひと工夫するかな」

そう言うと、平兵衛は来国光を静かに抜いた。

「わたしは、これで」

そう言い残し、右京はきびすを返して山門の方へ歩きだした。

孫八はその場に残り、朽ちかけた本堂の階《きざはし》に腰を下ろして、平兵衛が虎の爪をふ

るうのを見ていた。

境内は夕闇につつまれていた。上空は藍色に染まり、星のまたたきも見えた。風は収まらず、境内をかこった杜の葉叢《はむら》を揺らしている。

平兵衛は脳裏に描いた絵島と対峙し、来国光を振りつづけた。その刀身が、稲妻のように夜陰を切り裂いている。

2

柳屋へ踏み込む前夜、右京は極楽屋に泊まった。夜更《よふけ》に岩本町の長屋を出るためには、まゆみを納得させねばならなかったが、右京はうまい言い訳が思いつかなかったのだ。やむなく、今夜は剣術を指南している屋敷に泊まることをまゆみに話し、極楽屋に宿泊したのである。

島蔵や嘉吉たちは、三日前から極楽屋にもどっていた。ここまで来れば、絵島たちの襲撃を恐れることはなかったのだ。

日中、島蔵や嘉吉が、絵島たちの目を逃れて極楽屋界隈に身を隠していた男たちを集めて、極楽屋に放置されていた死体だけは片付けた。弔いをする余裕がなかったので、死体を極楽屋の裏の空き地に埋めただけである。

極楽屋にもどったのは、島蔵、おくら、嘉吉、それに、付近に身をひそめていた男が五人だけだった。日が経って落ち着けば、また、以前の極楽屋のように賑やかになるはずである。ただ、そのためには、何としても団蔵を元締めとする殺し人たちを殲《せん》滅《めっ》せねばならなかった。

その夜、右京たちは仮眠した後、寅《とら》ノ上刻（午前三時過ぎ）、腹拵《ごしら》えをしたあと、店の前から猪牙舟に乗った。

留吉《とめきち》という船頭だった男が棹《さお》を握り、右京、島蔵、嘉吉、それに吉次郎が船底に腰を下ろした。店にもどってきた吉次郎が、おれも行きてえ、と言い張ったので、連れてきたのである。

ただ、団蔵を始末するおり、留吉と吉次郎に手出しさせるつもりはなかった。奉公人たちが抵抗するようであれば、何かの役に立つだろうと思って連れてきたのである。

よく晴れていた。満天の星が燦々《さんさん》とかがやき、月が淡い青磁色のひかりで堀や木場をつつんでいる。

留吉は仙台堀に入ると、棹から艪《ろ》に持ち替えた。舟は水押《みお》しを大川の方へむけ、滑るように進んで行く。

江戸には河川と掘割が縦横にはしっていて、たいがいの場所に舟で行くことができる。極楽屋から柳屋のある小舟町へも、大川を横切り日本橋川をさかのぼって米河岸のある掘割に入れば、舟で行くことができるのだ。それに、舟の方が速いし、人目につく恐れもなかった。

日本橋川から掘割に入ってしばらく行くと、留吉が舟を岸辺に寄せ、

「柳屋は、この辺りだと聞いていやすが」

と言って、嘉吉に顔をむけた。

「あの店だ」

嘉吉が指差した。

掘割沿いの道に面した柳屋の店舗が、五軒ほど先に見えていた。通り沿いの店は夜の帳《とばり》につつまれ、ひっそりと寝静まっている。人影はまったくない。ただ、舟の周辺は騒がしかった。船底を打つ水音や汀に寄せる波音が絶え間なく聞こえてくる。

「あそこの桟橋に着けやす」

柳屋の斜向かいにちいさな桟橋があった。猪牙舟が三艘舫《もや》ってあり、掘割の水面で揺れていた。

留吉は棹を巧みに使って、船縁を桟橋に着けた。すぐに、島蔵や右京たちが、桟橋に飛び下りた。

「まだ、すこし早えなァ」

島蔵が上空を見上げて言った。

東の空がかすかに明らんでいたが、まだ辺りは深い夜陰につつまれていた。柳屋のなかも真っ暗なはずである。

「あっしが、様子を見てきやすぜ」

そう言い残し、嘉吉が桟橋を離れた。

いっとき待つと、嘉吉がもどってきた。嘉吉によると、柳屋にいつもと変わった様子はないが、表の格子戸はしまったままだという。

「これを遣うつもりだ」

島蔵が懐から取り出したのは鑿《のみ》だった。

ここへ来る前から、表戸があかない場合は、裏戸を鑿でこじあけて侵入することになっていたのだ。そのために、龕灯《がんどう》も用意したのである。龕灯は強盗提灯とも呼ばれる筒状の照明具である。殺し人は、夜間他家へ侵入して狙った相手を仕留めることもあったので、極楽屋には龕灯も用意してあったのだ。

それからいっときして、東の空がすこし明るくなってくると、

「行くぞ」

と言って、島蔵が腰を上げた。

島蔵の後に、右京、嘉吉、吉次郎、留吉がつづいた。五人の男が、夜陰のなかを小走りに柳屋にむかっていく。


そのころ、平兵衛と孫八は、柳原通りを歩いていた。柳原通りは夜の闇につつまれていた。人影はなく、通り沿いに植えられた柳の枝が風に揺れ、物悲しい音をたてているだけある。

平兵衛は筒袖に軽衫。足元を草鞋でかため、腰に来国光を帯びていた。孫八は闇に溶ける茶の小袖を裾高に尻っ端折りし、黒の股引に草鞋履きである。手に酒の入った貧乏徳利を提げていた。

「安田の旦那、絵島は斬れやすかい」

孫八が訊いた。

「やってみねば、分からんな」

平兵衛は、見てみろ、と言って、左手を孫八の顔の前に出し、指をひらいて見せ

た。

ビクビクと震えている。手だけではなかった。体全体が、顫えているのだ。絵島との立ち合いが迫ってきたことを、体が告げているのである。

「こいつを、やりますかい」

孫八が顔をこわばらせて貧乏徳利を差し出した。

「もらおうか」

平兵衛は貧乏徳利を受け取ると、足をとめて口の栓を取った。そして、一合ほど一気に飲んだ。

いっときすると、酒が臓腑に沁み、血の気が失せたように艶のなかった平兵衛の顔に朱がさし、体の顫えがいくぶん収まってきた。

平兵衛はさらに一合ほど飲んだ。酒気は臓腑から体全体にひろがり、ちょうど、萎《しお》れていた草木が水を吸ったように、全身に気勢が満ちてくる。平兵衛の丸まっていた背が、いくぶん伸びたように見えた。

「あとは、立ち合いの前にもらおう」

そう言って、平兵衛は貧乏徳利を孫八に返した。

前方の夜陰のなかに、筋違御門がかすかに見えてきた。そこは平永町である。ふたりは、左手の路地にまがった。

いっとき歩くと、路地の突き当たりに板塀をめぐらせた絵島の住む家が見えてきた。洩れてくる灯もなく、夜陰のなかに黒く沈んでいる。

平兵衛は路傍で足をとめ、東の空に目をやった。藍色の夜空が、ほんのりと茜色に染まっている。そろそろ払暁である。

3

「元締め、はずしやすぜ」

嘉吉がうしろに立っている島蔵を振り返って言った。

嘉吉と留吉が、敷居と引き戸の間に鑿の先を差し込んでいた。裏戸にも心張り棒がかってあるらしく、戸があかなかったのだ。

「やれ」

島蔵が小声で言った。

ゴトッ、と音がし、板戸がはずれた。その拍子に心張り棒もはずれたらしく、土間へ棒の転がる音がした。

島蔵たちは息をつめて聞き耳を立てたが、家のなかで人の起き出したような物音は聞こえなかった。

引き戸の先は、板場になっているようだった。外は明るくなっていたが、まだ家のなかは暗かった。明り取りの窓から射し込むひかりで、竃《へっつい》、流し場、まな板の置かれた調理台などが、ぼんやりと識別できた。その先には狭い板敷の間があり、棚に酒器や食器類などが並べられている。

「龕灯を点けやすか」

嘉吉が島蔵に訊いた。

「いや、いい。目が慣れれば、どうってこたァねえ」

島蔵が、行くぜ、と言って、土間へ踏み込んだ。

右京たち四人がつづく。

島蔵は土間へ入ると、吉次郎と留吉にこの場に残るよう指示した。ふたりはすぐにうなずいた。すでに、ふたりには、板場に残り店から飛び出していく者がいたら取り押さえるよう話してあったのだ。

板敷の間の突き当たりが廊下になっていた。廊下の両側が座敷になっているらしく、障子が立ててあった。暁闇のなかに、障子紙がぼんやりと白く浮き上がったように見えている。

板場に近い座敷に、団蔵はいるはずだった。すでに、島蔵たちは柳屋の客から話を聞き、二階には三間あり、いずれも客用の座敷であることをつかんでいた。さらに、玄関を入った左手が帳場になっていること、帳場の前や脇の座敷も客用であることなども分かっていた。そうしたことを考え合わせると、団蔵と包丁人の部屋は一階の奥にあるとみていいのである。

「ここからは、おれが先に行く」

板敷の間に上がると、右京が先にたって言った。

すでに抜刀し、右手だけで柄を握って刀身を足元に垂らしていた。座敷から攻撃してきても、対応できる体勢を取っていたのだ。

右京の後に嘉吉、島蔵の順でつづいた。ふたりの手にも匕首が握られ、薄闇のなかでにぶくひかっている。

スッ、と右京が障子を一尺ほどあけた。そこは、板敷の間につづく座敷である。なかは暗かった。それでも、夜具が延べてあるのが識別できた。夜具がモソモソと動いている。ふたりいるようだ。

さらに、右京が大きく障子をあけた。板場からの明りが座敷にひろがり、なかの様子がはっきり見えた。

そのとき、搔巻《かいまき》を撥ね除《の》け、男がひとり身を起こした。

「だ、だれだ！」

男が声を上げた。薄闇のなかで、剝いた目が白く浮き上がったように見えた。

与三郎だった。与三郎は、包丁人見習いという名目で、柳屋に身を隠していたのである。だが、右京と島蔵は、与三郎だと分からなかった。顔を初めて見たのである。

「騒ぐと、命はねえぜ」

島蔵が踏み込んだ。

「地獄屋の島蔵だな！」

与三郎が叫んだ。その声で、脇に寝ていた男が身を起こした。この男は包丁人の源《げん》次《じ》だった。源次は殺しにかかわっていなかったが、団蔵の息のかかった男だった。地獄屋の島蔵の名を聞いていたのである。

源次はひき攣《つ》ったような顔で悲鳴を上げ、座敷から飛び出そうとした。

「逃がすわけには、いかねえ」

島蔵は源次の前に踏み込み、手にした匕首で源次の腹を突き刺した。

源次は喉のつまったような呻き声を上げ、畳にがっくりと膝を折った。寝間着がはだけ、あらわになった腹から血が流れ落ちている。

これを見た与三郎が、ちくしょう！ と叫びざま、部屋の隅に飛び込むように身を投げだし、小簞笥《だんす》の上に置いてあった匕首をつかんだ。

「こ、殺してやる！」

与三郎が目をつり上げて叫んだ。逆上しているらしく、手にした匕首が、ワナワナと震えている。

スッ、と右京が与三郎に身を寄せ、いきなり手にした刀を一閃させた。一瞬の太刀捌《さば》きだった。

与三郎は、ほとんど動かなかった。いや、激情にかられ平静さを失っていたこともあり、反応が遅れて動けなかったのである。

骨肉を截《た》つにぶい音がし、与三郎の匕首を持った右手が垂れ下がり、截断口から血がほとばしり出、音をたてて畳に流れ落ちている。

与三郎は喉の裂けるような悲鳴を上げて、よろよろと後じさった。

「この男は、まかせた」

そう言い置き、右京はすぐに座敷を出た。

肝心の団蔵が、この騒ぎを聞きつけ、逃げ出す恐れがあったのだ。

右京は刀をひっ提げたまま廊下に出た。

そのとき、ふいに目の前の障子があいて、男が飛び出してきた。

男は右京の姿を目の前にして、ギョッ、としたように立ちすくんだ。寝間着姿の裾が乱れ、両脛《すね》があらわになっていた。男は手に匕首を持っていた。五十がらみ、面長で鼻梁が高く、顎がとがっている。

「団蔵だな」

右京は、刀身を垂らしたまま言った。柳屋の一階で寝ている五十がらみの男は、団蔵しかいないはずである。

「殺し人か」

男は、血の気のない顔をしていたが、右京を睨むように見すえて訊いた。

団蔵に間違いないようだ。殺し人の元締めらしく、腹が据わっている。

「片桐右京」

言いざま、右京は切っ先を上げた。

「こうなったら、おれの手で、てめえを冥途に送ってやるぜ」

団蔵は、上体を前にかがめるようにして匕首を胸の前に構えた。

匕首の団蔵と呼ばれた男らしく、その身構えには、獲物に飛びかかる寸前の狼のような凄みがあった。

右京は一歩踏み込むや否や、団蔵の目線につけていた切っ先を下げた。誘いだった。その誘いに引き込まれるように、団蔵が踏み込んできた。

「やろう、死ね！」

叫びざま、団蔵が匕首を突きだした。

刹那、右京の体が躍動し、刀身が下段から撥ね上がった。

キーン、という甲高い金属音がひびき、団蔵の匕首が飛んで障子を突き破った。

次の瞬間、右京は二ノ太刀をはなった。

流れるような体捌きで、撥ね上げた刀身を返しざま袈裟に斬り下ろした。神速の連続技である。

団蔵の肩口が裂け、血が噴出した。右京の一撃は、団蔵の肩から入り鎖骨と肋骨《ろっこつ》を截断し、心ノ臓まで達していた。

団蔵は血を驟雨《しゅうう》のように撒《ま》き散らしながら、その場につっ立っていたが、前に立った右京から逃れるように体を後ろにむけた。肩口からの噴血がバラバラと音をたてて障子に飛び散り、赤い斑《まだら》に染めていく。

ゆらっ、と団蔵の体が揺れた。そのとき、団蔵は両手を前に突き出した。障子をつかんで体を支えようとしたらしい。

バリ、バリ、と音をたてて、障子が破れた。団蔵の体が腰から沈み込むように倒れ、伸ばした両腕が障子を桟ごと破ったのである。

団蔵は廊下に横転した。その体の上に、破れた障子が垂れ下がっている。

団蔵の肩口から流れ出た血が、廊下にひろがっていく。

右京は無言のまま団蔵の脇に立っていた。憂いをふくんだ白皙が、朱を刷いたように染まっていた。双眸が切っ先のようにひかり、唇が赤みを帯びている。人を斬った後の気の昂《たかぶ》りである。

いっときすると、潮が引いていくように、右京の顔から血の色が薄れた。右京は屈《かが》んで、血塗れた刀身を団蔵の寝間着の袂で拭いた。

そこへ、島蔵と嘉吉が近寄ってきた。

「団蔵だな」

島蔵が、倒れている死体に目をやって訊いた。

「そうだ」

「隣の部屋にいたふたりは、始末したぜ。殺し人じゃァねえようだが、団蔵の手先のようだ。おれの名を知っていたからな」

島蔵が目をひからせて言った。島蔵も、人を殺して高揚《こうよう》しているらしい。

「これで、柳屋の始末はついたな」

右京が言った。

「明るくなる前に、姿を消した方がいい」

そう言うと、島蔵がきびすを返した。

4

平兵衛と孫八は、絵島の家をかこった板塀の前にいた。東の空が茜色に染まり、辺りが白んできた。板塀の陰や家の軒下には夜陰が残っていたが、この明るさなら立ち合いに支障はない。

平兵衛の体が、激しく顫えていた。絵島との立ち合いを前にし、真剣勝負の恐怖と気の昂りが身を顫わせているのである。

「孫八、酒をくれ」

平兵衛が言った。

「へい」

孫八が、手にした貧乏徳利を平兵衛に渡した。

平兵衛は徳利の栓を抜くと、一気に一合ほど飲み、息をついた後、さらに一合ほど飲んだ。

いっときすると、酒気が体全体にいきわたり、平兵衛の顔が朱を帯《お》びてきた。丸まっていた背筋が伸びたように見えた。全身に気勢がみなぎり、恐怖や怯えは霧散し、虎の爪の命である敵を恐れぬ豪胆さがよみがえってきた。

平兵衛は手をひらいて目の前にかざして見た。震えはとまっている。

……斬れる！

と、平兵衛は思った。

平兵衛は自信を取りもどしていた。頼りなげな老爺ではない。敵を恐れぬ人斬り平兵衛である。

「行くぞ」

平兵衛は戸口から庭先にまわった。

孫八は平兵衛に跟《つ》いてきたが、庭へ出ると樹陰にまわった。この場は、平兵衛にまかせようと思ったらしい。

平兵衛は、絵島が素振りや刀法の稽古をして雑草が禿げた場所に立つと、

「絵島東三郎、おるか！」

と、声を上げた。

家のなかは静まったままだったが、いっときする畳を踏む音が聞こえた。そして、庭に面した障子があいた。

顔を出したのは、小柄で猫背の町人である。彦助だった。

彦助は庭に立っている平兵衛の姿を見て、怪訝な顔をした。彦助は平兵衛の姿を見たことがなかったのである。

「絵島の旦那、妙な爺《じじ》いが来てやすぜ」

彦助が顔を後ろにむけて、声をかけた。

いっときすると、重い足音がひびき、彦助の後ろから巨漢の絵島が顔を覗かせた。

「安田平兵衛だ」

平兵衛が名乗った。

「なに！」

絵島の顔に緊張がはしった。彦助も驚いたような顔をしている。

「人斬り平兵衛か」

絵島が大きく障子をあけて前に出てきた。寝間着姿だったが、大刀をひっ提げている。念のために、手にしてきたのであろう。

「いかにも、地獄からうぬを迎えにきた」

平兵衛が絵島を見すえて言った。双眸が猛禽《もうきん》のようにひかっている。殺し屋らしい剽悍そうな顔に豹変していた。

「老いた鬼だな」

絵島の顔に不敵な笑いが浮いたが、すぐに消えた。思っていたより年寄りと思ったようだが、その身辺にただよっている凄みを感じ取ったのであろう。

「ふたりだけで、勝負したいが」

平兵衛が低い声で言った。

「望むところだ」

絵島は、すばやく寝間着の裾を取って帯にはさんだ。

「あっしも、助太刀いたしやすぜ」

そう言って、彦助が先に庭に飛び下りた。彦助は匕首を手にしていた。平兵衛と絵島が言葉を交わしている間に、座敷にあった匕首をつかんできたらしい。

すると、樹陰に身を隠していた孫八が走り出て、

「おめえの相手は、おれだよ」

と言って、彦助の前にまわり込んだ。

「ちくしょう、もうひとりいやがった」

彦助が匕首を手にして身構えた。

「相手になってやるから、こっちへ来い」

孫八は後じさった。庭の隅は叢《くさむら》になっていて足場は悪かったが、平兵衛たちから離れようとしたのである。

孫八と彦助は、匕首の切っ先をむけ合って身構えた。ふたりとも目が血走り、こわばった顔をしていたが、怯えや恐怖はなかった。猛々しい雰囲気が、ふたりをつつんでいる。牙を剝いて向き合った獣のようである。

平兵衛と絵島は、およそ三間半の間合を取って対峙した。

平兵衛は逆八相にとり、刀身を寝かせて肩に担ぐように構えた。虎の爪の構えである。

相対した絵島は青眼に構え、切っ先を平兵衛の目線につけた。平兵衛が脳裏に描いていた構えである。

……やはり、尋常の遣い手ではない。

絵島の切っ先が、平兵衛の目に迫ってくるように見えた。絵島の巨漢がさらに大きくなり、巌のように感じられた。剣の威圧で、相対した相手が大きく見えるのである。

だが、平兵衛は臆《おく》さなかった。いま、目の前に立っている絵島が、これまで脳裏に描いて立ち合ってきた絵島と重なっていたのである。

絵島は青眼に構えたまま動かなかった。平兵衛の出方を見極めようとしているようだ。

平兵衛が、逆八相という異様な構えを取ったので警戒しているのであろう。絵島は、平兵衛が虎の爪と称する必殺剣を遣うことまでは知らないのかもしれない。

……一合で、勝負は決する。

と、平兵衛は読んでいた。

初太刀で、絵島の体勢をくずせなければ、うまくいって相打ちであろう。

絵島を斃すためには、初太刀の虎の爪の斬撃がすべてである。

イヤアッ！

突如、平兵衛が鋭い気合を発した。

全身に気勢がみなぎり、小柄な平兵衛の体が膨れ上がったように見えた。

刹那、平兵衛が疾走した。獲物に飛びかかる猛虎のような果敢で俊敏な寄り身だった。逆八相に構えた刀身が、大気を裂いて絵島に迫る。

一瞬、絵島の剣尖が浮いた。平兵衛の凄まじい寄り身に驚いたのである。が、絵島の気の乱れは一瞬だった。全身に気魄を込めて、平兵衛の仕掛けに応じようとしている。

一気に、平兵衛が斬撃の間境に迫った。

ヤアッ!

タアッ!

ふたりは、辺りの静寂を劈《つんざ》くような気合を発し、体《たい》を躍動させた。

瞬間、二筋の閃光が大気を裂いた。

絵島が真っ向に斬り込み、平兵衛が腰を沈めながら刀身を撥ね上げたのである。

キーン、という甲高い金属音がひびき、青火が散ってふたりの刀身がはじき合った。

その瞬間、わずかに絵島の体勢がくずれた。撥ね上げられた刀身に引かれて、腰が浮いたのである。

間髪を入れず、ふたりは二ノ太刀をふるった。ふたりの斬撃は、ほぼ同時だった。

平兵衛が袈裟に斬り込み、絵島が胴を払った。ふたりは交差し、三間ほどの間合を取って足をとめた。

反転した平兵衛の脇腹に疼痛《とうつう》がはしった。

絵島は背をむけたままだった。その絵島の首根から血が噴いている。その血が、平兵衛の目に赤い火花のように映った。

絵島は低い蟇《ひき》の鳴くような呻き声を上げ、血を撒きながらつっ立っていたが、腰からくずれるように転倒した。

平兵衛は脇腹に手をやった。掌《て》に、べっとりと血が付いた。絵島の切っ先に脇腹を裂かれたのである。ただ、臓腑に達するような傷ではなかった。皮肉を裂かれただけである。命にかかわるようなことはないだろう。

……紙一重だったな。

平兵衛は、絵島の体勢がくずれなければ、切っ先は臓腑に達していただろうと思った。紙一重で、相打ちにならずに済んだのである。

「安田の旦那！」

孫八が声を上げて駆け寄ってきた。

孫八の顔に血の色があった。返り血を浴びたらしい。彦助を斃したようである。

「旦那、やられたんですかい」

孫八が、平兵衛の脇腹に視線をむけて訊いた。

「なに、かすり傷だよ」

平兵衛が苦笑いを浮かべて言った。

「こいつを遣ってくだせえ」

孫八が懐から手ぬぐいを取り出した。

「すまんな」

脇腹に折り畳んだ手ぬぐいを当て、着物の上から押さえて歩きだした。

暁光が庭を照らしていた。東の空が、燃え立つようにかがやいている。町筋の遠近《おちこち》から雨戸をあける音がし、朝の早い豆腐屋の声なども聞こえてきた。江戸の町が、朝の活況を帯びてくるのも間もなくである。

5

「父上、お茶がはいりましたよ」

まゆみが、平兵衛の膝先に湯飲みを差し出した。

かすかに化粧の匂いがした。まゆみの色白のうなじやしっとりした胸元などから、女の色香がただよっている。まだ、子を産まないせいもあって、成熟した女の感じはなく若妻らしい仄《ほの》かな色香である。

ちかごろ、平兵衛はまゆみと会うたび、娘のころとは違う、右京の妻として生きているまゆみを目にするようになった。

その度、平兵衛はまゆみが右京の妻になり、父親から離れたことを実感させられるのだ。一抹の寂しさはあったが、親としてだれもが通らねばならない道である。諦めるより仕方がないだろう。

右京は独りのときとあまり変わらなかったが、子供でもできれば、父親らしくなるにちがいない。

そんなまゆみと右京が、今日、久し振りに庄助長屋を訪ねてきたのだ。何か、特別な用事があったわけではないようだ。ふたりの話によると、右京が、義父上に会いに行こうか、と言い出し、ふたりして出かけてきたらしいのだ。

その後、右京と話して分かったのだが、右京には、団蔵一味と極楽屋がその後どうなったか、平兵衛に話しておきたい気持ちがあったらしい。

右京や平兵衛たちが、団蔵一味を始末して十日経っていた。この間、右京は平兵衛と一度も顔を合わせていなかったのだ。

まゆみが台所に立ったのを見て右京が、

「島蔵どのは屋敷に帰られ、奉公人たちも以前のように屋敷にもどったようですよ」

と、小声で切り出した。

島蔵どのとは、極楽屋のあるじの島蔵のことだった。屋敷は極楽屋。奉公人は店に住みついている男たちのことである。右京は、まゆみの耳に入っても不審を抱かせないように御家人か旗本の話として、平兵衛に伝えたのだ。

「それは、よかった。……で、仲違いしていた団蔵どのは、どうなったな」

平兵衛も、右京に話を合わせた。

「きっちり始末がついたようです。身辺にいた奉公人たちも、うまく片付いたようだし、島蔵どのも安堵《あんど》しておられましたよ」

どうやら、団蔵を元締めとする殺し人も手引き人もきっちり始末がついたようだ。

朴念が定次郎を撲殺《ぼくさつ》したことは、平兵衛も孫八から聞いていたが、別の隠れ家にいた手引き人の豊六のことだけは知らなかった。おそらく、豊六の始末もついたのだろう。すでに、豊六の隠れ家は分かっていたので、島蔵が自ら出かけたか、孫八あたりに頼んだかして始末したにちがいない。

「菊次郎どのは、かわいそうなことをしたが、仕方がないな」

平兵衛がもっともらしい顔をして言った。

「そうですね」

そう言うと、右京はまゆみが淹れてくれた茶をうまそうにすすった。

「ところで、右京」

平兵衛が右京に身を寄せて耳元でささやいた。

「まだか」

「な、何がですか」

右京が戸惑うような顔をした。何を訊かれたか分からなかったらしい。

「赤子だよ」

平兵衛は、まゆみの背に目をむけながら声をひそめた。

まゆみは、平兵衛と右京に背をむけたまま洗い物をつづけている。まゆみは、平兵衛が水を張った小桶に浸けたままにしておいた湯飲みや丼を洗ってくれているらしい。

「ま、まだです」

右京が声をつまらせた。顔が赤く染まっている。

そのとき、まゆみが振り返って平兵衛に目をむけ、

「ねえ、父上」

と、声をかけた。

「な、なんだ」

平兵衛は慌てて、右京から身を離した。

「煮染《にしめ》でも、作っておきましょうか」

まゆみが、笑みを浮かべながら言った。おだやかな顔をしている。どうやら、平兵衛と右京のやり取りが、まゆみの耳にとどいたわけではないようだ。

「それは、ありがたい。煮染は、好物だ」

平兵衛が声を上げた。

煮染は長持ちするので、二、三日はめしの菜を心配せずに済む。平兵衛のような独り暮らしの者には、持ってこいである。

「表通りの八百屋まで、行ってきますから」

まゆみは、流し場に立ったときかけた襷をはずした。

そのとき、戸口に近付く下駄の音がし、人影が腰高障子に映った。

「安田の旦那、いますか」

障子の向こうで女の声がした。声の主は、おしげである。

「おしげか、何か用かな」

平兵衛が訊いた。咄嗟に、まゆみと右京が来ているから帰ってくれとは、言えなかったのだ。それに、おしげが何しに来たのかも分からなかった。

「入らせてもらいますよ」

腰高障子があいて、おしげが顔を出した。手に丼を持っている。平兵衛に何か届けに来てくれたようだ。

おしげは、上がり框近くに腰を下ろして茶を飲んでいる右京の姿を目にすると、

「あら、片桐さまが来てたの」

と言って、流し場に目をやった。人のいる気配を感じたのだろう。

「まゆみさんも、いっしょなの」

おしげは、戸惑うような顔をした。せっかく娘夫婦が父親の許に訪ねてきて、水入らずで話しているところに割り込むのは気が引けたのだろう。

「おしげさん、煮染なの」

まゆみが、おしげの手にしている丼を目にして訊いた。

「余分に作り過ぎちまってね。旦那に食べてもらおうと思って……」

おしげが戸惑うような顔をして言った。

蒟蒻《こんにゃく》とひじき、それに油揚げも入っていた。おしげにしては、贅沢《ぜいたく》な煮染だった。うまそうに煮込んである。

「おしげさん、その煮染、いただきます」

まゆみが、平兵衛に目をやりながら言った。

おしげは、まゆみに煮染を渡すと、土間に立ったまま、なぜか顔を赤くしてもじもじしていた。

「父は、煮染が好物なんです」

まゆみの口元に、笑みが浮いていたが、平兵衛にむけられた目には、心の内を探るような色があった。まゆみの胸の内に、寡婦のおしげと独り暮らしの平兵衛が、いっしょに暮らす光景がよぎったのかもしれない。

平兵衛は湯飲みを両手で包むようにして持ち、口をへの字にひき結んでまゆみから視線をそらせている。

一〇〇字書評

切り取り線

購買動機（新聞、雑誌名を記入するか、あるいは○をつけてください）	
□（　　　　　　　　　　　）の広告を見て	
□（　　　　　　　　　　　）の書評を見て	
□ 知人のすすめで	□ タイトルに惹かれて
□ カバーがよかったから	□ 内容が面白そうだから
□ 好きな作家だから	□ 好きな分野の本だから

●最近、最も感銘を受けた作品名をお書きください

●あなたのお好きな作家名をお書きください

●その他、ご要望がありましたらお書きください

住所	〒				
氏名		職業		年齢	
Eメール	※携帯には配信できません	新刊情報等のメール配信を希望する・しない			

あなたにお願い

この本の感想を、編集部までお寄せいただけたらありがたく存じます。今後の企画の参考にさせていただきます。Eメールでも結構です。

いただいた「一〇〇字書評」は、新聞・雑誌等に紹介させていただくことがあります。その場合はお礼として特製図書カードを差し上げます。

前ページの原稿用紙に書評をお書きの上、切り取り、左記までお送り下さい。宛先の住所は不要です。

なお、ご記入いただいたお名前、ご住所等は、書評紹介の事前了解、謝礼のお届けのためだけに利用し、そのほかの目的のために利用することはありません。

〒一〇一-八七〇一
祥伝社文庫編集長　加藤　淳
☎〇三(三二六五)二〇八〇
bunko@shodensha.co.jp

祥伝社ホームページの「ブックレビュー」からも、書き込めます。
http://www.shodensha.co.jp/bookreview/

祥伝社文庫

上質のエンターテインメントを！　珠玉のエスプリを！

祥伝社文庫は創刊15周年を迎える2000年を機に、ここに新たな宣言をいたします。いつの世にも変わらない価値観、つまり「豊かな心」「深い知恵」「大きな楽しみ」に満ちた作品を厳選し、次代を拓く書下ろし作品を大胆に起用し、読者の皆様の心に響く文庫を目指します。どうぞご意見、ご希望を編集部までお寄せくださるよう、お願いいたします。

2000年１月１日　　祥伝社文庫編集部

地獄《じごく》の沙汰《さた》　闇《やみ》の用心棒《ようじんぼう》　長編時代小説

平成22年４月20日　初版第１刷発行

著者　鳥《と》羽《ば》　亮《りよう》

発行者　竹内和芳

発行所　祥《しよう》伝《でん》社《しや》

東京都千代田区神田神保町3-6-5
九段尚学ビル　〒101-8701
☎03（3265）2081（販売部）
☎03（3265）2080（編集部）
☎03（3265）3622（業務部）

印刷所　萩原印刷

製本所　関川製本

ISBN978-4-396-33571-7　C0193

祥伝社のホームページ・http://www.shodensha.co.jp/

祥伝社文庫

鳥羽 亮
悲恋斬り 介錯人・野晒唐十郎

御前試合で兄を打ち負かした許嫁《いいなずけ》を介錯して欲しいと唐十郎に頼む娘。その真相は？ シリーズ初の連作集。

鳥羽 亮
飛龍の剣 介錯人・野晒唐十郎

妖刀「月華」を護《まも》り、中山道を進む唐十郎。敵方の策略により、街道筋の剣客が次々と立ち向かってくる！

鳥羽 亮
妖剣おぼろ返し 介錯人・野晒唐十郎

かつての門弟の御家騒動に巻き込まれた唐十郎。敵方の居合い最強の武者・市子畝三郎の妖剣が迫る！

鳥羽 亮
鬼哭《きこく》霞飛燕《かすみひえん》 介錯人・野晒唐十郎

敵もまた鬼哭の剣。十年前、許嫁を失った苦い思いを秘め、唐十郎は鬼哭を超える秘剣開眼に命をかける！

鳥羽 亮
怨刀《おんとう》鬼切丸《おにきりまる》 介錯人・野晒唐十郎

唐十郎の叔父が斬られ、将軍への献上刀・鬼切丸が奪われた。刀を追う仲間が次々と刺客の手に落ち…。

鳥羽 亮
悲の剣 介錯人・野晒唐十郎

尊王か佐幕か？ 揺れる大藩に蠢く謎の刺客「影蝶」。その姿なき敵の罠で唐十郎は絶体絶命の危機に陥る。

祥伝社文庫

鳥羽 亮　死化粧 介錯人・野晒唐十郎

闇に浮かぶ白い貌に紅をさした口許。秘剣下段霞を遣う、異形の刺客石神喬四郎が唐十郎に立ちはだかる。

鳥羽 亮　必殺剣虎伏《とらぶせ》 介錯人・野晒唐十郎

切腹に臨む侍が唐十郎に投げかけた謎の言葉「虎」とは何か？　鬼哭の剣も及ばぬ必殺剣、登場！

鳥羽 亮　眠り首 介錯人・野晒唐十郎

相次ぐ奇妙な辻斬りは唐十郎を陥《おとしい》れる罠だった！　刺客の必殺剣「鬼《おに》疾風《はやて》」対「鬼哭の剣」。死闘の結末は？

鳥羽 亮　双鬼《ふたおに》 介錯人・野晒唐十郎

最強の敵鬼の洋造に出会った孤高の介錯人狩谷唐十郎の、最後の戦いが始まった！　「あやつはおれが斬る！」

鳥羽 亮　さむらい 青雲の剣

極貧生活の母子三人、東軍流剣術《とうぐんりゅうけんじゅつ》研鑽《さん》の日々の秋月信介《あきづけしんすけ》。待っていたのは父を死に追いやった藩の政争の再燃。

鳥羽 亮　さむらい 死恋の剣

浪人者に絡まれた武家娘を救った一刀流の待田恭四郎。対立する派の娘と知りながら、許されざる恋に……。